Walter W. Braun

Der Spieler

Ein ungewöhnlicher Kriminalfall

Bibliografische Information der Deutschen Nationalbibliothek:
Die Deutsche Nationalbibliothek verzeichnet diese Publikation in der Deutschen Nationalbibliografie; detaillierte bibliografische Daten sind im Internet über http://dnb.dnb.de abrufbar.

© 2017 Name des Autors/Rechteinhabers: Walter W. Braun
Überarbeitete Neuauflage 11.2020

Illustration: Walter W. Braun

Herstellung und Verlag: BoD – Books on Demand, Norderstedt

ISBN: 978-3-7347-7619-9

Inhaltsverzeichnis

	Vorwort	7
1.	Spektakulärer Kriminalfall im Kinzigtal	9
2.	Beim Heinerbur im Untertal	15
3.	Leben als Bauernknecht	24
4.	Vergnügen in Baden-Baden	29
5.	Tristes Alltagsleben	35
6.	Eine zündende Idee	39
7.	Eine günstige Gelegenheit	44
8.	Ein Konto bei der Sparkasse	52
9.	Großes bahnt sich an	58
10.	Ein unvorhergesehenes Malheur	65
11.	Eine unerwartete Geste	74
12.	Ein Gerücht macht die Runde	81
13.	Stille Teilhaber steigen ein	90
14.	Riskantes Spiel mit höheren Einsätzen	93
15.	Die willigen Geldgeber stehen Schlange	98
16.	Ein schwarzer Sonntag	102
17.	Das Glück kippt	108
18.	Das Unheil bricht herein	116
19.	Jetzt wird es eng	122
20.	Nordrach bekommt unerwarteten Besuch	128
21.	Die Mühlen der Justiz kommen in Gang	133
22.	Das Urteil wird gesprochen	140
23.	Epilog	144

Vorwort

In der 8. Klasse der Volksschule gehörte bei uns die Novelle „Kleider machen Leute" des Schweizer Dichters Gottfried Keller zu den letzten Arbeiten im Fach Deutsch. Die Geschichte handelt von einem armen Schneidergesellen, der gut gekleidet in die Rolle eines Grafen gedrängt wurde und als Hochstapler endete. Doch es folgte ein Happyend, das im Leben nicht oft vorkommt.

Oder denken wir an den Schneider Wilhelm Vogt, dem es als „Hauptmann von Köpenick" in Carl Zuckmayers Stück mit schicker Uniform und militärisch forschem Auftritt gelang, ein Rathaus zu besetzen und wo er danach alle an der Nase herumführte.

Hinterher stellte sich das Umfeld die Frage, wie es dem Protagonisten gelingen konnte, alle so zu übertölpeln. Wie konnte man sich von einem Menschen so täuschen lassen?

Die Gier nach Macht und Geld hat den Menschen immer schon die Sicht vernebelt und die Augen geblendet. So ist auch diese Fiktion zu sehen, basierend auf einem tatsächlichen außergewöhnlichen Kriminalfall.

Walter W. Braun

März 2015

1

Spektakulärer Kriminalfall im Kinzigtal

Die alteingesessenen Bewohner, die in den Seitentälern der Kinzig leben, sind bodenständige, tief im katholischen Glauben verwurzelte Menschen. Solange ich denken kann, wählten und wählen sie immer schon mit großer Mehrheit konservativ rechts. Nur Nordrach machte in den 50er-Jahren des letzten Jahrhunderts zeitweise eine Ausnahme. Der Besitzer des Kurhauses im Dorf, Kurt Spitzmüller, kam 1954 über die Landesliste der FDP als Abgeordneter in den Deutschen Bundestag. Als Persönlichkeit des Ortes hatte er da natürlich einen nicht zu unterschätzenden Bonus, und das ganze Dorf war stolz auf seinen berühmten Bürger.

Die Bevölkerung im Tal ist von Natur aus „bockelhart", wie man sie gerne beschreibt. Im 15. und 16. Jahrhundert waren die Nordracher noch dem Kloster Gengenbach verpflichtet. Ungern beugten sie sich der klerikalen Bevormundung und leisteten nur unter Protest die aufgezwungenen Abgaben. Zuvorderst die stolzen, wohlhabenden Bauern trotzten vehement der Knechtschaft. Und nachdem dann der Nachbarort Zell zur „Freien Reichsstadt" und Unterharmersbach zum „Freien Reichsdorf" erhoben wurde, was mit gewissen Privilegien verbunden war, wollten die Nordracher gleiche Rechte und Vergünstigungen für sich haben, was ihnen aber verwehrt wurde. So zogen sie in den Kampf gegen das mächtige Kloster und verloren. Ihre Aufmüpfigkeit und den rebellischen Geist, ihr Selbstbewusstsein, haben sie trotzdem nie verloren und aufgegeben.

Mitte des 18. Jahrhunderts existierte im ursprünglich noch selbständigen Ort „Kolonie", weit hinten im Talschluss, eine bedeutende und gut florierende Glasfabrik. Die wichtigen Bestandteile Sand, Quarz und Pottasche fanden sich reichlich in der Umgebung, und die Wälder rundum sorgten für das Feuer in den Öfen. Nachdem aber der Wald abgeholzt und quasi im Glasofen verfeuert war, wurde der Betrieb eingestellt. Die Bevölkerung verarmte und man drängte Anfang des 19. Jahrhunderts mehr als 150 Menschen zur Auswanderung nach Amerika. Das Ziel war, die Hungerleider einfach nur loszuwerden.

Später erwarb Dr. Otto Walther die Gebäude der ehemaligen Glasfabrik und eröffnete 1891 eine Lungenheilanstalt zur Heilung von an Tuberkulose erkrankten Patienten, die anfangs vorwiegend aus England kamen. Im Jahr 1908 verkaufte er das Sanatorium an die Landesversicherungsanstalt Baden.

Eine Industrie gab es bis Mitte des letzten Jahrhunderts nicht im langgezogenen, engen Tal und nur wenige Ein-zwei-Mann-Gewerbebetriebe. Die größten Arbeitgeber waren somit die vier „Heilstätten und Sanatorien für Lungenkranke", in denen Patienten wegen der Nebelfreiheit und der guten Schwarzwälder Luft, Gesundung suchten und fanden. Sonst gaben nur Bauern und wenige Handwerksbetriebe den Menschen Arbeit und Brot. Wer in der Landwirtschaft blieb, hatte ein hartes und entbehrungsreiches Leben zu erdulden. Die Besitzer der größeren Höfe dagegen waren dagegen durchweg sehr wohlhabend und traditionsbewusst.

Auf den steilen Feldern an den Hängen im Tal wurden Kartoffeln angebaut. Sie wurden nach der Ernte so gut wie in jedem Haushalt als Vorrat für den Winter eingelagert und dienten

Mensch und Tier gleichermaßen zur Nahrung. Die Flächen mit Getreide waren dagegen bescheidener und dienten mehr dem Eigenbedarf. Das daraus gemahlene Mehl war die Grundlage für selbst gebackenes Brot und der andere Teil diente den Tieren im Stall als Futterbeigabe. Gemüse zogen die Bäuerinnen im eigenen Garten, wo es dank kräftiger Düngung mit Mist aus dem Stall, reichlich wuchs und gedieh. In den Ställen standen ein paar Kühe, und für die eigene Hausschlachtung züchtete der Bauer jährlich mehrere Schweine. Auch in manchem gewöhnlichen Haushalt wurde mindestens ein Schwein im Stall gemästet, das im Herbst Schlachtopfer wurde. Die Schlachttage wurden Feste für die ganze Familie, und selbst die Nachbarn profitierten ein wenig davon. In diesem Zusammenhang sei das im Tal traditionelle „Säcklestrecken" erwähnt. Nach altem Brauch stellten überwiegend Jugendliche aus der weiteren Nachbarschaft am Schlachtabend eine lange Holzstange mit daran befestigtem Beutel laut klopfend an ein Fenster. Der Beutel enthielt einen handgeschriebenen Zettel, auf dem in gereimter Form ein gehöriger Anteil vom frisch Geschlachteten erbeten wurde.

Die Schlachtleute füllten den Beutel meist mit je einem Ring Schwarzwurst, Leberwurst, dazu noch ein paar Bratwürste, vielleicht auch etwas Kesselfleisch. Den Beutel befestigten sie wieder an der Stange und stellten sie dann vor das Fenster zurück. Die Hausleute – meistens waren es wiederum die jüngeren Burschen der Familie – legten sich auf Lauer. Wurde die Stange mit dem Beutel abgeholt, versuchten nun die Schlachtleute den „Säcklestrecker" zu erhaschen. Gelang dies, hat man den oder die Ertappten mit viel Spott in die Küche geführt und dort bekam er einen Teller Metzelsuppe (Suppe mit Fleischbrühe nach der Wurstherstellung) vorgesetzt, und die musste der „Säcklestrecker" mit auf dem Rücken gebundenen Händen mit dem Mund ausschlabbern.

Das Spektakel sorgte natürlich stets für allgemeine Erheiterung, machte Spaß und brachte Gaudi ins Haus.

Die Nordrach, der durchs Tal fließende kristallklare Bach, ist links und rechts von Wiesen umsäumt und weiter oben schließen sich weitläufig Streuobstwiesen auf den waldfreien Flächen an, bis hin zu den Kastanien am Waldrand in den Höhenregionen. Überall stehen heute noch alte knorrige Obstbäume. Fast jeder Bauer besitzt ein überliefertes Brennrecht, brennt Kirschen, Zwetschgen, Rossherdepfel (Tobinambur) oder Zibärtle zu edlem Schnaps. Der Brennvorgang war und ist eine gängige Beschäftigung in den Wintermonaten, wo es außer im Wald Holz fällen und machen, früher auf den Feldern keine Arbeit mehr zu tun gab.

Neben ausreichenden Vorräten an Lebensmitteln aller Art für die Selbstversorgung, lagerten im dunklen Keller fast jeden Haushaltes mehrere Fässer mit selbstgemachtem Most, bekannt als Äppelwoi im Hessischen oder Cidre bei den Franzosen. Es ist vergorener Saft aus gepressten Äpfeln und einem Anteil an Birnen. Bier, Wein oder Mineralwasser wurde in jenen Jahren allenfalls oder ausschließlich, „in der Wirtschaft", in einem der Gasthäuser im Tal, getrunken. Ausgenommen waren die jährlich stattfindenden dörflichen Feste. Zu solchen Gelegenheiten stand auf dem Dorfplatz hinter der Kirche ein Festzelt. Die im August im Kalender stehende Kilwi (Kirchweihfest) gehörte traditionell dazu, und jährlich gab es ein Musikfest auf der „Kornebene", wohin es die Dorfbevölkerung in Scharen zog, sowie ein Fest, das abwechselnd die Feuerwehr, der Musik- oder Gesangsverein ausrichtete und deren Erlös die Vereinskasse etwas füllte.

Der Waldbesitz war eine wichtige Einnahmequelle und galt seit alters her „als Sparkasse des Bauern". Heute machte er wegen der Klimaveränderung allerdings den Waldbesitzern ungewollt große Probleme. Doch einst sind manche Waldbesitzer damit „stinkreich" geworden, wovon die prächtigen Schwarzwaldhöfe heute noch zeugen. Sie spiegeln den immensen Reichtum wieder, der nicht vom Ertrag der Felder kam. Die gerade und hochgewachsenen Schwarzwälder Tannen waren europaweit ein Begriff und sehr gefragt. Die bis zu 60 Meter messenden gefällten Stämme hat über die Nordrach, die Kinzig und den Rhein bis nach Amsterdam geflößt, und auch in Venedig sollen Häuser und Paläste darauf gebaut worden sein.

Schon Mitte des letzten Jahrhunderts kam ein neuer Erwerbszweig hinzu: Der Anbau von Weihnachtsbäumen in gepflegten größeren Kulturen. Die Vermarktung geschieht in der Adventszeit, wenn die Arbeiten auf den Feldern abgeschlossen sind und ruhen. Mit dem Verkauf der edlen und schön gewachsenen Nordmannstannen erschließt sich heute dem Bauern eine einträgliche und zusätzliche Einnahmequelle.

Im Harmersbach- und Nordrachtal finden sich überall stattliche Höfe, wie hier der Fürstenberger Hof in Zell-Unterharmerbach

Im Bannkreis dieser bescheidenen Lebensverhältnisse konnte wirklich niemand vermuten, dass sich in dieser Region Ende der 1950er-Jahre ein unglaublicher Kriminalfall zutragen würde. Kaum jemand, der über finanzielle Reserven verfügte, soll nicht involviert gewesen sein. Dabei sind die Badener im Grunde noch sparsamer als die Schwaben. Schon immer besaß fast jeder Haushalt einen gut gefüllten Sparstrumpf für alle Fälle. „Man weiß ja nie, was noch kommt", ist die Devise. „De Gizhals hockt uf sim Geldbütel, seid'mer" (Der Geizige sitzt auf dem Geldbeutel sagt man). Dabei überlegte es sich der eiserne Sparer zweimal, bevor er eine Mark – oder heute einen Euro – ausgibt.

Einem schlichten, eher etwas einfältigen Mann, war es gelungen, eine – für damalige Verhältnisse – unglaubliche Summe Geld einzusammeln, und die hat er im Casino, in der Spielbank in Baden-Baden verspielt. Über Monate wurde, nach dem Bekanntwerden, der Fall zum Tagesgespräch in den Tälern, und weit darüber hinaus, in den Gaststätten und bei allen möglichen Zusammenkünften. Niemand konnte sich hinterher erklären, wie sowas möglich wurde, und wer nicht direkt betroffen war, feixte offen oder heimlich vor Schadensfreude.

Aber nun erst einmal alles der Reihe nach.

2

Beim Heinerbur im Untertal

Wieder einmal kam ich mit dem Fahrrad zum stattlichen Anwesen des „Heinerburs" Franz Spitzmüller im Untertal. Dies ist ein typischer Schwarzwälder Bauernhof, mächtig ausladend und mit tief heruntergezogenem Dach, unter dessen Schutz sich der riesige Speicher, und darunter die Wohnräume des Bauern, die Kammern der Mägde und Knechte befanden. Ebenerdig sind die Stallungen für Pferde, ein paar Kühe und ein Dutzend Schweine. Die davon ausgehende Wärme dient den darüber liegendem Wohnbereichen wie eine Fußbodenheizung. Von der Bergseite her kann man über eine Erdrampe direkt in die Scheune einfahren. Ringsum umgaben den Hof sattgrüne Wiesen, die im Frühjahr in allen Farben prächtig blühten und üppig saftige Kräuter für das Vieh lieferten. Auf den sanft ansteigenden Wiesen und den Feldern am Hang wuchsen verstreut ertragreiche Obstbäume aller Sorten. Die Äcker lieferten in jedem Jahr reichlich Kartoffeln, davon ein gewisser Teil an Tobinambur „Rossherdepfel" genannt, sowie einige Hektar Getreide.

Das Tal ist hier relativ flach, übersichtlich und weitläufig, bis hin zur etwas mehr als zwei Kilometer entfernten Dorfmitte. Weiter hinten im Tal, etwa ab dem „Schrofen" und in Richtung des Teilorts, der „Kolonie", wird es enger, da steigt es links und rechts auf beiden Seiten steil an. Durch bewaldetes Gebiet, das sich mit

Bergwiesen abwechselt, erreicht man die oberhalb verstreut liegenden Höfe auf dem „Kohlberg" und im „Merkenbach". Auf der anderen Bergseite finden sie sich im „Bärhag", im „Stollengrund", den „Flacken" und schließlich im Höhengebiet „Mühlstein". In diesen Höhenregionen wird bis heute nicht nur sehr weit abseits gelebt, sondern Landwirtschaft betrieben, zusätzlich Schnaps gebrannt, und da und dort Ferienwohnungen für „Urlaub auf dem Bauernhof" angeboten; kurzum, es ist eine Bilderbuchlandschaft.

Der Heinerbur ist ein alteingesessener und allgemein umgänglicher Mensch, mitten im Leben stehend. Sein Hof gehört zu den Größten im Tal und entsprechend selbstbewusst gab er sich. Ihm zur Seite stand seine Frau, eine gestandene, kräftig zupacken Bäuerin, der zwei Mägde als Helferinnen zuarbeiteten.

Von zu Hause benötigte ich mit dem Fahrrad zwanzig Minuten um zu diesem Hof zu kommen, und von da weiter das Tal hinaus in die Stadt Zell waren es nochmals 5 Kilometer. Rückseitig des Anwesens steigt es leicht an, und der Weg führt durch den „Hutmacherdobel" aufwärts zum waldfreien Gebiet im Gewann „Mühlstein", zu den „Flacken" und auf die Hochfläche „Haldeneck". Über die Passhöhe „Mühlstein" kommt man die „Schottenhöfe", und von da Tal auswärts in den Hambach und nach Unterharmersbach oder Zell am Harmersbach. Hier ist man im etwas offeneren und lichtdurchfluteten Harmersbachtal angekommen. Dieses ist etwas mehr nach Südwesten ausgerichtet und genießt deshalb den Vorteil einer längeren Sonneneinstrahlung.

Wer die Geschichte des Schwarzwaldes kennt, dem ist der damals schon über 200 Jahre alte Hof „Vogt auf Mühlstein" ein gängiger Begriff. Hier spielte die Tragödie mit dem Vogt, nach der Erzählung des Heimatschriftstellers und Pfarrers von Haslach, Heinrich Hansjakob, die er in seinem gleichnamigen Buch zu Herzen gehend schilderte. Wenn die Tochter des mächtigen und reichen

Vogts Anton Muser – die Magdalena – mit wehem Herzen von ihrem Lieblingsplatz ins Tal sah, hatte sie unter anderem genau das große Anwesen des Heinerburs im Blick. Ob sie in ihrer Trauer, weil sie den Öler Joken, den sie liebte, nicht heiraten durfte, sondern dem reichen Hermesbur versprochen war, dafür aber einen Blick hatte, ist nicht sehr wahrscheinlich und auch nicht überliefert.

Immer wenn ich als Bub das Hofgelände betreten musste, näherte ich mich gewöhnlich sehr vorsichtig der Treppe und dem Eingang. In jenen Tagen brachte ich der Bäuerin einmal wöchentlich ein Exemplar „Heim und Welt", eine Klatsch- und Tratsch-Zeitung, die auch gerne auf den Höfen gelesen wurde. Dazu musste ich über den weder geteerten noch gepflasterten Hofplatz laufen, immer auf der Hut vor dem allgemein an einer Leine angebundenen Hofhund. Nur manchmal lief das Biest frei herum, und hatte mich schon einmal in den Po gebissen, obwohl die Bäuerin in der Nähe war und laut nach ihm rief. Schon der Biss war für mich als 12-Jährigen sehr schmerzhaft, noch schlimmer empfand ich hinterher die Behandlung der fürsorglichen Bäuerin. Sie desinfizierte die Wunde mit Schnaps, was höllisch brannte und mir Tränen in die Augen trieb. Die 10 Pfennig Schmerzensgeld, die ich extra bekam, waren da ein geringes Trostpflaster.

Wenn ich zum Hof kam, waren der Bauer und sein Sohn eher selten anzutreffen. Wohl kannte ich die beiden nicht nur von meinen Besuchen oder gelegentlichen Aushilfen bei saisonalen Tätigkeiten, sondern auch von Begegnungen in den Gasthäusern „Kreuz" und der „Stube" im Dorf, wo sie sonntags an den Nachmittagen oder am Abend häufig einkehrten, und selbst im Gasthaus „Vogt auf Mühlstein" habe ich sie schon sitzen sehen. Wochentags dagegen waren sie tagsüber vorwiegend auf den Feldern und pflügten mit einem Pferdegespann die Äcker um, mähten Grünfutter, ernteten Getreide oder rodeten die reifen Kartoffeln, und was es sonst auf einem großen Bauernhof im Mittleren Schwarzwald in der Zeit vom Frühjahr an bis weit in den Herbst hinein immer zu tun gab.

Im Stall standen ein paar Milchkühe. Schätzungsweise werden es wohl zwanzig gewesen sein, die der Bauer neben vier Pferden besaß, und dann gab es in einem anderen Stall die schon erwähnte Schweinemeute. Man sah auch ein paar Hühner mit ihrem Gockel und mehrere Gänse im Gehege. Natürlich rundeten ein separat stehendes Backhäusle und ein Libdighus (Leibgedinghaus, Altersitz des Bauern) das Ensemble ab.

Unterstützt wurden Bauer und Sohn bei der Arbeit auf den Feldern von den Mägden, die sonst überwiegend der Bäuerin halfen und für die Versorgung der Wirtschaft (Küche, Waschküche) und das Melken der Kühe zuständig waren. Dann war da noch der Knecht namens Isidor Hermann. Sein Alter konnte ich damals nicht einschätzen. War er schon 60 oder erst 40 Jahre alt? Ich konnte es nicht einmal erahnen, und gefragt habe ich ihn nie. Er sah jedenfalls viel älter aus; nach meinem Empfinden eigentlich uralt. Meine Einschätzung bedeutete aber in diesem Zusammenhang wenig, denn für mich als Kind waren Menschen jenseits der 30 Jahre alle uralt. Dazu beigetragen hat wohl auch, dass ich den Mann immer nur im ungewaschenen, verschlissenen „Blauen Anton" sah, mit über die Waden reichenden, stets schmutzigen Stiefeln an den Füßen. Wenn er sprach, verstand ich ihn schlecht, denn seine Aussprache klang verwaschen. Ursache war eine nicht behandelte „Hasenscharte", die zudem sein Gesicht entstellte.

Im Grunde sah ich in ihm einen armen Tropf, so schien es zumindest für mich. Dabei wusste ich kaum etwas über den Mann, und außer über belanglose Dinge, oder was mit der Arbeit zusammen hing, kam ich mit ihm nie ins Gespräch. Wahrscheinlich war ich mit 12 Jahren auch kein akzeptabler Gesprächspartner für ihn, mit dem er sich groß austauschen wollte.

Im Dorf sah ich ihn nur sporadisch, was nicht ausschließt, dass er gelegentlich abends ausging, immer aber erst dann, wenn ich längst zu Hause war. Wurde er sonntagabends, an Feiertagen und den jährlich im Dorf stattfindenden Festen irgendwo angetroffen, dann trank er oft sehr viel, wurde gesprächiger und wirkte ein wenig aufdringlich.

Gelegenheiten gab es dazu öfters. Die Vereine hatten jährlich ihre Feste, und Fronleichnam war so ein Tag, wo das ganze Dorf auf den Beinen sein wollte. Dann gab es jedes Jahr im August die „Kilwi", auch so ein Pflichttermin in der Region, wo die Bevölkerung aus allen Richtungen zusammenkam. Jeweils an einen bestimmten Sonntag wurde das Kirchweihfest in Nordrach gefeiert, eine Woche später in Oberharmersbach – im anderen Tal – und zuletzt in Unterentersbach bei Zell. Zu diesen Anlässen besuchte die Dorfbevölkerung, wenn irgendwie möglich, auch jeweils das Fest in den Nachbardörfern. In weiten Kreisen gab es verwandtschaftliche Bindungen untereinander und so sah man sich bei solchen Gelegenheiten wieder einmal. Andere kannten sich gut von den Bauernmärkten und freuten sich auf ein Wiedersehen, das dann stets gebührend begossen sein musste.

Tagelang wurde das Fest „St. Ulrich" ausgelassen gefeiert, zu Ehren des Namenspatrons der weithin sichtbaren spätgotischen Kirche im Dorf. Dann traf man sich an Himmelfahrt, landläufig als „Vatertag" bekannt. In der Regel bekamen Knechte und Mägde der Bauern an diesen Tag zumindest einige Stunden frei, und außerdem noch ein kleines „Zehrgeld" (Taschengeld). Zum „Vatertag" war allgemeines „Besäufnis" angesagt, die Männer und Frauen trafen sich gerne in Gruppen, und das schloss die Mägde und Knechte nicht aus. Neue Beziehungen und Liebschaften bahnten sich an und die Flucht aus dem Alltag tat zwischendurch allen einmal sehr gut.

Die Feste begannen in der Regel am Freitagabend auf dem weitläufigen, befestigten Dorfplatz hinter der Kirche, auf dem dann ein großes Festzelt stand und sie dauerten bis Montagabend. In dieser Zeit gab es genügend Gelegenheiten für Treffen und zum Austausch von Neuigkeiten, für Klatsch und Tratsch und auch diverse Geschäfte wurden nebenbei getätigt.

Die spätgotische Kirche St. Ulrich in Nordrach

Da blieb nicht aus, dass sich Leichtsinnige auf ein ausgiebiges Zechgelage einließen, und gerne haben sich die Knechte und Mägde freihalten lassen und sie bekamen ein paar Gläser spendiert. So mancher Bauer oder Handwerksmeister gab sich bei solchen Gelegenheiten tatsächlich freigiebig und großzügig. Der Grund, die Spender zeigten gerne, dass man sich das leisten konnte oder sie führten einen anderen Grund im Schilde; mit Speck fängt man bekanntlich Mäuse.

Zu anderen Zeiten kam die Dorfbevölkerung vorwiegend am Wochenende in den Wirtschaften (Gasthaus) des Dorfs zusammen, der schon erwähnten „Stube", dem „Kreuz" oder etwas weiter talaufwärts die „Post". In den Wirtschaften tranken die Männer ihr Bier, spielten „Skat" oder „Cego" und diskutierten über die große Weltpolitik.

Zum Gasthaus „Kreuz" gehörte eine Kegelbahn, wo Gruppen, Mannschaften und Hobbykegler ihre Spiele und Wettbewerbe austragen konnten. Mit meinem Bruder oder mit Schulkameraden durften wir Buben dabei die Kegel aufstellen und ließen die Kugeln zurückrollen. Dafür bekamen wir eine Flasche „süßer Sprudel", manchmal sogar ein Glas Bier spendiert, und meist noch 50 Pfennig, wenn die Spieler freigiebig und gut gelaunt waren.

Doch wieder zurück zu Isidor, dem Knecht vom Heinerburhof. Mit ihm hatte ich, wie gesagt, bisher wenig zu tun, außer, dass er mir hin und wieder über den Weg lief, wenn ich gerade der Bäuerin Zeitschriften brachte oder wenn ich beim Bauer aushalf und ich dort auf dem Hof etwas Geld verdienen konnte.

Nach Schulende oder in den Ferien war ich gelegentlich bei dem Bauern mit verschiedenen Arbeiten auf dem Hof beschäftigt, führte die Pferde oder Ochsen beim Pflügen, oder plagte mich beim Kartoffeln auflesen, die der Bauer mit dem Kartoffelroder aus dem Boden geholt hatte. Manchmal musste ich mit der Magd gemähtes Gras zusammenrechen, Heu machen und auf der

„Bühni" (Heuboden) einlagern. Das heißt, nachdem es auf den gemähten Wiesen getrocknet war, wurde es Bündel für Bündel mit einer Heugabel auf den Wagen aufgeladen. Zum Schluss kam oben über die Ladung eine massive Holzstange längs darüber, die nach zwei Seiten hinten und vorne mit dicken Seilen verspannt wurde, damit während der Fahrt nichts verloren ging. Während der Heimfahrt saßen die Mägde und wir Kinder stets oben im Heu auf dem Wagen. Zuletzt zogen die Pferde den mit eisenbeschlagenen Rädern, holpernden Wagen gemächlich zum Hof.

Dort angekommen, wurde der Heuwagen über die Rampe in die Scheune eingefahren, alles mit der Heugabel erst vom Wagen auf die Tenne abgeladen und dann im Heustadel aufgeschichtet. Wir Kinder nahmen die gereichten Heubündel ab, verteilten und verdichteten alles gleichmäßig, sowie mit den Füßen feststampfend. Das war eine ungemein staubige und schweißtreibende Geschichte, aber wichtig, damit erstens eine größere Menge auf der „Bühni" Platz fand und zweitens das eingelagerte Heu gut durchlüftet blieb. Die größte Furcht der Bauern war eine Selbstentzündung, was durch Restfeuchtigkeit im Heu entstehen konnte. Früher kam das häufiger vor, besonders, wenn das Heu in einem verregneten Sommer übereilt eingebracht werden musste. Viele Höfe sind in der Vergangenheit schon deshalb in Flammen aufgegangen und bis auf die Grundmauern niedergebrannt.

Wenn ich beim Bauern auf dem Feld irgendwo arbeitete, sprach ich meistens den Knecht an, er antwortete dann karg und einsilbig. Von ihm aus kam selten etwas. Mit Kindern hatte er vermutlich nichts am Hut und konnte nicht mit ihnen umgehen. Das mag, wie ich von anderen hörte, damit zusammenhängen, dass ihn böse Buben im Dorf öfters hänselten, was wohl mit seinem Aussehen und Behinderung zusammenhing. Kinder können ja bekanntlich sehr direkt und auch grausam sein.

Sein Verhältnis mit dem Heinerbur schien mir auch nicht überschwänglich, eher distanziert, obwohl er als umgänglicher, sachlicher Mann galt. Mir fiel auf, dass er häufig Zoff mit dem Knecht hatte, oft stauchte er ihn verbal zusammen, weil der Isidor in seinen Augen wieder einmal etwas falsch gemacht oder sich umständlich verhalten hatte. Dabei blieb der Knecht nie eine Antwort schuldig und konnte richtig bockig reagieren. Das machte den Bauern dann noch wütender. „Du bisch e Trottel und bliebsch einer, du Dolle", schimpfte dieser aufgebracht. Allerdings sollte man in diesem Zusammenhang erwähnen, dass es im Dorf und im bäuerlichen Leben untereinander nie zimperlich zuging, eher derb, und länger nachtragend war niemand.

Der Umgang, dem er sich unterordnen musste, prägte ihn natürlich. So empfand ich den Mann als grau und unscheinbar, um nicht zu sagen: „Etwas unbeholfen oder verschlossen." Er war ja auch nur der Knecht, und ein Knecht oder eine Magd auf einem Bauernhof waren für mich seinerzeit nicht unbedingt Respektspersonen, oder jemand, die großen Eindruck auf ihre Umgebung ausstrahlen konnten, so empfand ich es jedenfalls damals.

Was spielte das aber schon für eine Rolle, ich war noch zu jung und hatte andere Interessen oder meine eigenen Probleme. Der Knecht war für mich damals nur eine Erscheinung am Rande. Nebenbei erwähnt, können 5 Jahre Altersunterschied in diesem Alter bei der Beurteilung eines Menschen extrem ausschlaggebend sein und ich hatte genug Kameraden meines Alters, warum sollte ich mich deshalb mit Alten abgeben.

3

Leben als Bauernknecht

Das Leben eines Bauernknechtes war bis in die 1950er-Jahren und auch noch eine Weile danach, kein Zuckerschlecken. Kraft- und zeitsparende Maschinen waren im Schwarzwald noch relativ spärlich im Einsatz oder bei vielen Bauern gar nicht vorhanden. Auf dem Heinerburhof besaß man immerhin schon einen Rübenhäcksler und auf der Tenne stand eine kleine Dreschmaschine. Beide waren über Transmissionsriemen mit einem nebenan im dunklen Schuppen stehenden Dieselmotor verbunden und wurden damit angetrieben. Und es gab sogar einen rot lackierten Schlepper der Marke Fahr aus Gottmadingen am Bodensee, mit immerhin stolzen 15 PS. Der Schlepper mit Hydraulik hatte einen Mähbalken, sowie eine Kardanwelle zum Antrieb für von Zusatzgeräten, wie zum Beispiel ein Heuwender. Ein Zweischarpflug war vorhanden und auch angeflanscht werden. Das war dann aber auch schon alles an Raffinessen, Annehmlichkeiten und Fortschritt. Im steileren Gelände wurde vorwiegend noch nach alter, bewährter Sitte mit zwei Pferden oder zwei Ochsen gepflügt, das war am Hang sicherer.

Während der Heu- und Getreideernten oder wenn die Kartoffeln gerodet werden mussten, engagierte der Heinerbur zusätzlich einige Frauen aus dem Dorf oder eben halbwüchsige Buben in meinem Alter als Aushilfen, so wie mich, damit die Feldarbeiten schnellstmöglich erledigt und die Ernte sicher ins Trockene eingebracht werden konnten.

Für mich bot sich auf dem Hof also gelegentlich die willkommene Gelegenheit, nachmittags nach der Schule oder in den Ferien, etwas Geld zu verdienen, und für meine Eltern fiel regelmäßig auch etwas ab. Freitagabends, am Ende einer Arbeitswoche, bekam ich, neben einigen Mark Lohn, noch je einen Ring Schwarzwurst und Leberwurst, ein oder zwei Dosen Büchsenwurst, ein Stück Speck und dazu noch einen Laib Bauernbrot mit. Das bereicherte zu Hause unseren Speisezettel.

Zu einem nicht alltäglichen Einsatz bei dem Bauern kam ich eines Tages im Sommer. Die Kirschen waren reif und mussten von den Bäumen. Mein Vater hatte mit dem Bauern vereinbart, dass er bei der Kirschenernte aushilft. Es waren Ferien, deshalb nahm er mich gleich mit.

Schon früh um 5 Uhr wurde ich geweckt und um 6 Uhr stand ich mit dem Vater und weiteren Helfern auf dem Hof. Gemeinsam mit dem Sohn des Bauern und dem Knecht zogen wir los. Die voll hängenden Kirschbäume standen nicht weit entfernt am Hang, in Richtung Hutmacherdobel. Der Bauer fuhr mit einem, von zwei Pferden gezogen Wagen und einigen leeren Fässern auf der Pritsche voraus, wir anderen folgten zu Fuß hinterher.

Im Hain stellten kräftige Männer je zwei Leitern in jeden der alten Kirschbäume, wir stiegen daran hoch in die Äste und eifrig wurde Korb für Korb gefüllt. Die Kirschen wurden hinterher ein gemaischt und später zu „Griese-Wasser" – wie man hier sagt – (Kirschwasser) gebrannt. Solche Brennarbeiten waren für den Bauern eine Wintertätigkeit, und der Schnapsverkauf war für den Hof ein wichtiges, finanzielles Standbein. Später half ihm der Sohn dabei, und lernte das schwierige Handwerk, guten Schnaps zu brennen von der Pike auf. Jeder Bauer im Tal oder im Höhengebiet, der etwas auf sich hielt, besaß ein vererbbares Brennrecht. Gebrannt wurden Kirschen, Pflaumen, Zibärtle oder Tobinambur – hier „Rossherdepfel" genannt. Die gewonnenen Schnapsmengen vermarktete jeder Hof zum geringen Teil selbst, der Großteil ging an den ortsansässigen Händler. Der Schnapshändler wiederum vertrieb die hochprozentige Ware überregional oder lieferte überschüssige Ware dem staatlichen Branntweinmonopol an. Daraus wurde überwiegend Industriealkohol hergestellt. Gerade das Schwarzwälder Kirschwasser ist bundesweit sehr gefragt und Vermarktungsschwierigkeiten waren unbekannt. Das ist aber eine andere Geschichte.

Unterhalb des Dorfes die Maile-Giessler-Mühle in Nordrach.

Während dem „Griesebreche" (Kirschen pflücken) im Baum waren Gespräche nur erschwert möglich. Die alten stattlichen Kirschbäume hatten einen mächtigen Umfang, und von Baum zu Baum zu schreien war auf Dauer zu anstrengend. Trotzdem fiel mir auf, dass Isidor gerne mit den Frauen schäkerte und zwischendurch frivole Witze machte, wenn ich sie auch nicht alle verstanden habe. Trotz seinem mickrigen Äußeren schien er es mit den Frauen gut zu können, so war zumindest mein Eindruck. Die Frauen amüsierten sich jedenfalls prächtig über sein Gerede.

Längst knurrte mir der Magen, ich hatte Hunger und freute mich richtig auf ein deftiges Mittagessen. Seit Stunden am Vormittag hatte ich nur Kirschen gegessen, die mir inzwischen schwer im Bauch lagen. Ein sättigendes Essen ersetzte es mir keinesfalls. Dafür brauchte es schon etwas mehr, wenn man stundenlang auf einer Leiter stehen muss und nach den Ästen angelt, um an alle reifen Kirschen zu gelangen. So eine Arbeit war auf Dauer für mich als Buben sehr anstrengend und verbrauchte viel Energie.

Zum Bauernhof waren es nur wenige hundert Meter Weg, den wir um die Mittagszeit wieder gemeinsam zurücklegten. In der geräumigen, etwas dunklen Wohnstube, was von der patinierten Holzvertäfelung kam, stand ein massiver, langer Holztisch, und mitten auf dem Tisch sah ich eine fast wagenradgroße bemalte Steingutschüssel, gefüllt mit dicken Bohnen und Kartoffelschnitz. Dicke Bohnen oder – auch Saubohnen – genannt, waren immer schon mein Leibgericht. Daneben stand noch eine zweite, gleich große Schüssel, und die war gefüllt mit Milch.

Auf dem Tisch lag an jedem Platz ein Löffel parat, doch ich vermisste die Teller, was mich wunderte. Doch ich dachte anfangs, die Bäuerin habe sie vergessen und wird sie noch bringen. Ich hatte mich getäuscht. Nachdem alle am Tisch ihren Platz eingenommen hatten, sprach der Bauer ein Tischgebet und wünschte dann guten Appetit. Sofort begannen alle mit ihrem

Löffel Bohnen aus der einen Schüssel zu schöpfen, und hörbar mit gutem Appetit zu essen. Danach tauchten sie ihren Löffel in die Milch der anderen Schüssel und schöpften auch daraus. Alle am Tisch bedienten sich aus jeweils einer, dann der anderen Schüssel. Bald schwammen Bohnenreste in der Milch und mich ekelte es. So begnügte ich mich mit einigen Löffeln von den Bohnen und Kartoffelschnitz. Dafür hatte ich mir eine kleine Stelle in der Schüssel ausgewählt. Satt wurde ich dabei nicht, aber egal, später konnte ich ja wieder Kirschen essen.

Während des Mittagessens saß der Knecht neben den Frauen, war aber eigenartigerweise in diesem Kreis recht einsilbig. Vielleicht hielt er sich im größeren Kreis diskret zurück oder es hatte andere Gründe, die ich nicht erkannte. Nebenbei bekam ich mit, dass er sonntags gerne nach Baden-Baden fuhr und in die dortige Spielbank ging. Was es damit auf sich hatte, bekam ich zu diesem Zeitpunkt noch nicht mit, und welche Konsequenzen das haben könnte, erst recht nicht.

Außer, dass ich im Kreis meiner Schulkameraden gerne pokerte und mit kleinen Geldeinsätzen spielte, dabei nicht selten – oder überwiegend – ein paar Mark verlor, war mir das Glücksspiel in seinen Varianten kein gängiger Begriff.

Während Isidor ein wenig von der Spielbank schwärmte, zogen ihn die anderen am Tisch wegen seiner Leidenschaft auf, machten spöttische Bemerkungen, lachten laut über die eigenen Witze und hatten ihren Spaß. Wenn der Angesprochene sich ärgerte, dann lachten sie noch etwas lauter, bis er mit der Bemerkung: „Ihr werdet euch noch wundern", zurück giftete und irgendwann beleidigt aufstand und den Tisch verließ.

Später sah ich ihn wieder bei der Arbeit und da war die Sache kein Thema mehr. Die Gespräche drehten sich um ganze andere und noch banalere Dinge.

4

Vergnügen in Baden-Baden

Der Knecht Isidor vom Heinerburhof arbeitete im Grunde an sieben Tagen in der Woche, und niemand konnte behaupten, dass es eine einfache, leichte Tätigkeit sei, die er tun musste. Im Gegenteil, abends war Isidor hundemüde und oft völlig ausgelaugt. Dabei war ihm die Nacht immer viel zu kurz. Schon um 5 Uhr stand er wieder im Stall und kümmerte sich mit den Mägden um Kühe, Pferde und Schweine, die gefüttert werden wollten. Nebenbei wurde ausgemistet und neues Stroh eingestreut.

Ein erfrischend-angenehmes Ritual stellte für ihn der Samstagnachmittag nach 16 Uhr dar. Dann eilte er ins Dorf und ging dort in das im Schulgebäude befindliche öffentliche Volksbad. Die wenigsten Häuser im Dorf verfügten damals schon über den Luxus eines Badezimmers. Im Volksbad konnte man stattdessen kostenlos duschen. Dort gönnte sich Isidor ausgiebiges duschen mit warmem Wasser, nachdem er sich die Woche über mit dem kalten Wasser am Brunnen begnügen musste. Diese Minuten taten ihm gut und wirkten entspannend auf ihn. Mehr wie eine Katzenwäsche war es im Alltag nie, warum auch, bei der täglichen Stall- und Feldarbeit von früh bis spät wurde er doch gleich wieder schmutzig und kam immer wieder arg ins Schwitzen.

Sonntags gehörte allgemein frühmorgens nur die Fütterung und abends den Stall ausmisten zu seinen Pflichten, die übrige

Zeit stand ihm zur freien Verfügung. Seit zwei Jahren hatte er sogar jeden zweiten oder dritten Sonntag ganz frei, musste nicht arbeiten, dann übernahm das der Sohn des Bauern – der Jungbauer.

Seine heimliche Freude waren diese freien Sonntage. Im Schrank hing dafür ein guter dunkelgestreifter Anzug, dazu besaß er noch ein feines Sakko mit dunkelgrauer Hose, und neben zwei weiße Hemden, 5 Krawatten in verschiedenen Farben und Mustern. Das war für seine Verhältnisse ein Luxus. Die gute Kleidung hatte er sich nach und nach vom kargen Lohn zugelegt. Sonst pflegte er keine Hobbys. War er in einem der Gasthäuser im Dorf, dann in der Regel nur kurz auf ein oder zwei Bier, Ausnahmen gab es dann, wenn ihm andere die Getränke spendierten, was durchaus dann und wann vorkam. Somit musste er nie viel Geld für sich ausgeben.

Solche Sonntage gehörte ihm, da zog er seinen guten Anzug oder die gut gebügelte Hose und das Sakko an, schwang sich auf sein Fahrrad, radelte nach Zell und bestieg dort das „Zeller Bähnle" – eine kleine Dampfeisenbahn auf der Nebenstrecke von Biberach nach Oberharmersbach. In Biberach musste er umsteigen, von dort kam er mit dem Zug nach Offenburg, wo er in die Rheintalbahn wechselte, und meistens schon vor 11 Uhr war er in Baden-Oos (Ortsteil von Baden-Baden an der Oos). Am Bahnhof in Oos stieg er in den Linienbus oder er nahm auch schon mal gelegentlich ein Taxi und ließ sich direkt bis vor die Spielbank fahren. In den letzten Monaten war er vermehrt dazu übergegangen, die Strecke bequemer mit dem Taxi zu fahren. Das hatte einen Grund: „Es machte mehr her", so sein Kalkül, und wenn ihn jemand vor dem Casino ankommen sah, wollte er einen guten Eindruck machen.

Seinen Ausweis musste er bei der Anmeldung längst nicht mehr vorzeigen. Das Personal kannte den schlichten Mann und behandelte ihn zuvorkommend, ja er wurde sogar freundlich mit

Namen begrüßt. Hier, so empfand er, war er willkommen. Dass dies jeder Gast war, der hier ein und ausging, wurde ihm nicht einmal bewusst oder es war ihm egal.

Regelmäßig tauschte er 50 oder 100 Mark in Jetons und nahm an einem der Tische Platz, wo Französisches Roulette gespielt wurde. Im Gegensatz zum Amerikanischen Roulette konnte man beim Französischen Roulette sitzend am Tisch Platz nehmen. Bei größerem Andrang standen durchaus aber auch schon mal Mitspieler in der zweiten Reihe. „Das Französische Roulette ist das Flaggschiff im Casino von Baden-Baden", so wurde es jedenfalls behauptet. Für die Gäste ist das klassische Französische Roulette gleichbedeutend mit dem, was ihnen im übertragenen Sinne „Faites vos jeux" (Machen sie ihr Spiel) bedeutet und das „Savoir-vivre" (Leben genießen), ist im Prospekt zu lesen. Verlockend lädt das Grün des Spieltisches zum Einsatz ein, und bannt den Blick auf

Casinogebäude und Kurhaus in Baden-Baden

Während seiner ersten Besuche im Casino in Baden-Baden hatte er sich zwischendurch schon mal mit Alternativen, mit Poker und Blackjack, versucht. Das waren aber nicht seine Spiele. Da hatte er weniger Glück, und er empfand das Drumherum als zu kompliziert. Lieber widmete er sich dem traditionellen Roulette.

Wenn er im Spielsaal Casino angekommen war und am Tisch einen Platz fand, legte er akzentuiert sein Notizbuch neben sich und einen goldenen Füllhalter dazu, den ihm vor einem Jahr ein Spieler zum Geschenk gemacht hatte, weil er vermeintlich ihm Glück gebracht hatte. Während Isidor im Spiel seine Einsätze machte, notierte er penibel die Gewinnzahlen, die in der Zeit seiner Anwesenheit fielen. Seit er an diesem exklusiven Ort ein und aus ging und am Tisch mitspielte, hatte er schon ein viele Seiten seines Buches mit Notizen gefüllt. Mit Verve versuchte er daraus eine gewisse Systematik abzuleiten, wonach er seine Spieltaktik richten wollte. Er glaubte zwischenzeitlich tatsächlich ernsthaft, eine gewisse Präferenz zu erkennen, und daran orientierte sich in den nächsten Stunden seiner Spiele. In der Regel begann er mit kleinen Einsätzen und setzte immer auf die gleichen Zahlen, die nach seinem erkannten System fallen sollten. Überwiegend und erstaunlich oft hatte er mit dieser Taktik sogar Glück und gewann kleinere Summen.

An einem frühlingshaften Sonntag sah man ihn wieder in Baden-Baden. Die Luft war an diesem Tag erfüllt vom Duft der Kastanienblüten. Ringsum leuchteten außerdem die Rhododendronbüsche in den buntesten Farben. Die aufwendigen und gepflegten Flächen vor dem Kurhaus lockten mit Tulpen und anderen Frühlingsblumen die Fotografen in Scharen herbei, die nach interessanten Motiven Ausschau hielten. Zwischendurch zeigten im Pavillon zwei gut geschulte Kapellen ihr musikalisches Können. Das waren die Tage, an denen sich Baden-Baden von der allerschönsten Seite zeigte und den Gästen eine wahre Augenweide bot.

Lange saß Isidor derweil auf seinem Platz am Tisch und hatte keine Augen für die erwachende Natur. Stattdessen blieb er wie üblich bis gegen 17 Uhr im vertrauten Ambiente des Spielsalons. Sein Überschuss betrug an diesem Tag immerhin schon 250 Mark, und das war für ihn mehr als ein Monatslohn. Sein Verdienst als Knecht war nicht üppig, da er neben dem an sich schon geringen Lohn, Kost und Logis beim Bauern freihatte, was einen gewissen Geldwert darstellte. Seinen Gewinn verstaute er sorgfältig in einer Dokumentenmappe aus Leder, die er demonstrativ in die rechte Innentasche seiner Jacke schob.

Sehr zufrieden machte er sich am Spätnachmittag auf den Heimweg. Wieder ließ er sich ein Taxi kommen, das ihn auf direktem Weg zum Bahnhof in Baden-Oos fuhr. Bis der Zug im Bahnhof Offenburg einfuhr und er nach Biberach weiterfahren konnte, in Zell eintraf, da war längst schon 19 Uhr vorbei. Beschwingt radelte er mit dem Fahrrad die letzten Kilometer nach Hause. Nach der Ankunft am Hof war er rechtschaffen müde und legte sich deshalb ohne noch lange abzuwarten, zufrieden über den glücklichen Tag, ins Bett. „Des war e gueder Dag, des het badded" (das war ein guter Tag, der hat sich gelohnt), war sein Fazit, bevor er sofort einschlief. Das Vergnügen des Tages, sein Eintauchen in eine andere Welt, das war der Ausgleich für die Entbehrungen seines Lebens und des trüben Alltagsdaseins.

Im Dorf wussten nur wenige von seiner Leidenschaft und es interessierte auch kaum jemand. Wohlweislich hütete er sich, zu viel darüber zu erzählen, denn nach seiner Erfahrung hatte man nur Hohn und Spott dafür übrig. Kaum jemand wollte bisher wissen oder hatte nachgefragt, wo er sonntags hinging, was er den Tag über machte oder warum er so lange wegblieb. Kam das doch einmal vor, erzählte er lieber von einem Ausflug nach Offenburg oder nach Karlsruhe, und damit war für ihn und die Neugierigen die Sache erledigt.

In der Spielbank wurde er dagegen zuvorkommend behandelt, da war er bekannt und angesehen. Sein richtiger Name war wohl in der Kartei als Isidor Hermann vermerkt. Unter Beruf hatte er sich aber „Selbständiger" eintragen lassen, und wenn es einmal notwendig oder unvermeidlich erschien, von sich etwas mehr preiszugeben – etwa im Kreis anderer Spieler – dann ließ er durchblicken: „Ich bin Gestütsbesitzer". Seine gute Kleidung und sein in diesem Rahmen selbstbewusstes Auftreten ließen auch nie einen Zweifel daran aufkommen und schon gar nicht den Verdacht, bei seinen Angaben könnte etwas nicht stimmen. In diesem Kreis wusste man, der nach Außen Bescheidenste besaß nicht selten den dicksten Geldbeutel.

Das ging jetzt schon seit zwei Jahren so, eine lange Zeit, wo man ihn regelmäßig im Casino antraf. Nie hatte er große Summen eingesetzt und auch nie spektakulär gewonnen. Doch was keiner beachtet hatte, kaum einmal hat er den Tisch verlassen, ohne hundert oder mehr Mark Gewinn eingesteckt zu haben. Für die anderen mochte das ein „Nasenwasser" gewesen sein, für ihn war das sehr viel Geld, und mehr noch, es war ihm eine gewisse Genugtuung. Im Spiel schien er tatsächlich ein glückliches Händchen zu haben. Vor allem war es ihm aber ein Ausgleich für seine harte Arbeit und willkommener Zeitvertreib.

5

Tristes Alltagsleben

Nach dem ungewöhnlichen Sonntagsvergnügen in der Spielbank, begann für den Knecht montags stets eine neue, anstrengende Woche. Mitte März waren die Arbeiten auf den Feldern voll im Gange. Da gab es noch Äcker umzupflügen, die Kartoffeln mussten gesetzt und das Sommergetreide gesät werden. Das zwang Isidor schon vor 5 Uhr morgens aus den Federn. Die Morgenwäsche beschränkte sich auf das Gesicht, das er am Brunnen im Hof ins kalte Wasser tauchte und so den Schlaf vertrieb. Anschließend folgte die übliche Stallarbeit, denn das Vieh wollte versorgt sein, während die Bäuerin und die Mägde mit Melken der Kühe beschäftigt waren. Er teilte das Futter den Boxen zu und danach ging es zügig daran auszumisten.

Um 9 Uhr gab es ein zweites Frühstück, was für Isidor meistens das erste war. Vorher hatte er noch keinen Appetit oder dafür keine Zeit. Lieber trank er nach dem Aufstehen einen Rossler (Topinambur-Schnaps), der ihm zugleich das Zähneputzen ersetzte. Wer tagtäglich mit viel Mist umging, musste da nicht unbedingt penibel reinlich sein.

Zum „Z'nüni-Veschber" (9-Uhr-Frühstück) stand Milchkaffee bereit, Leberwurst und Schleck (Marmelade), dazu gab es von der Bäuerin im Backhäusle selbst gebackenes knuspriges Bauernbrot. Hinterher drängte die Arbeit auf dem Feld, und dazu nahm er sich eine Gutter (Korbflasche) Most mit, den er zuvor im Keller am Fass zapfte. Im Herbst wurden dafür Jahr für Jahr von den eigenen Äpfeln und Birnen gepresster Saft in mindestens drei mehrere hundert Liter fassende Fässer gefüllt. Zum Obstpressen stand im Hof eine Trotte, der gewonnene Saft wurde sofort in die Fässer gefüllt und durfte im Winter zu Most vergären. Bis das Frühjahr kam, war er trinkbar. Der kräftige alkoholhaltige Most, diente tagaus-tagein der Familie, dem Knecht und den Mägden, wie auch den zeitweise beschäftigten Tagelöhnern als gängiges Getränk, sowohl während der Arbeit, bei den Mahlzeiten, als auch in der Freizeit. Den Frauen und Kindern hat man den Most häufig mit Wasser etwas entschärft und den Alkohol verdünnt, so wirkte er erfrischender.

Während des langen Tages auf den Feldern, war der Bauer fast immer irgendwo dabei, und der scheuchte seinen Knecht genauso wie die Tiere, die bei der Arbeit zum Einsatz kamen. Mal waren alle zu langsam, mal wurde dies und mal jenes nicht richtig gemacht. Bruddeln und fluchen gehörte zum Handwerk, und der Bauer konnte wirklich ein mürrischer Mensch sein, wenn Hektik herrschte und es seiner Meinung nach nicht gut lief. Im Gegensatz zu ihm war die Bäuerin eine eher ruhige und liebenswürdige Frau.

Erst spät am Nachmittag gingen Bauer, Knecht und Arbeiter zurück zum Hof. Damit waren die zu erledigenden Arbeiten aber beileibe noch nicht beendet. Jetzt mussten die Pferde gestriegelt, versorgt und gefüttert werden. Den Schweinestall musste sie erneut ausmisten, während die Bäuerin ihre gackernden Hühner und die nervig zischenden Gänse hinter dem Hof mit Körnern und Grünzeug versorgte.

Längst dunkelte es, bis endlich Ruhe auf dem Hof einkehrte. Nach der harten Arbeit eines langen Tages stand für Knecht und Mägde jetzt ein Abendessen in der Küche bereit. Da kamen Speck, Schwartenmagen, Schwarzwurst und Leberwurst aus Büchsen auf dem Tisch, die von den im Herbst geschlachteten Schweinen hergestellt und eingelagert worden waren. Freitags gab es „Bibbiliskäs" (frischer Quarkkäse) mit Pellkartoffeln, Zwiebeln und Schnittlauch. Nur sehr selten wurden Eigenprodukte mit zugekauftem Käse oder Fisch aus der Dose ergänzt. Hauptsächlich kam auf den Tisch, was auf dem Hof selber hergestellt worden war und was die Speisekammer hergab.

Getrunken wurde – und was auch sonst – natürlich ausgiebig Most, wovon der Isidor gut und gerne alleine einen gefüllten Krug leerte. Pures Wasser zum Trinken war für ihn undenkbar: „Wasser trinkt das liebe Vieh", war eine saloppe Bemerkung. Später nahm er sich noch einen Krug Most mit in seine Kammer. Hundemüde fiel Isidor am Ende eines arbeitsintensiven Tages ins Bett, schlief sofort ein und durch, bis morgens in der aller Frühe wieder der Wecker klingelte oder noch früher der Hahn lautstark krähte und ihn aufweckte.

Tagsüber träumte er vom Sonntag und dem nächsten Trip nach Baden-Baden. Das gab ihm Auftrieb und Kraft, selbst geduldig die zeitweisen verhassten Schikanen und Erniedrigungen des Bauern oder anderen zu ertragen. Dort in Baden-Baden, da war er ein anderer Mensch, da war er wer, und da fühlte er sich anerkannt und verstanden.

Hier auf dem Hof missfiel ihm zurzeit wieder alles. Sein Dasein war ihm ausgesprochen widerwärtig, und er träumte vom besseren Leben, vom großen Reichtum, Ehre, Ansehen. Das waren aber – wie gesagt – nur Träume und ein heimlich gehegter Wunsch. Was sollte er in der Realität sonst auch schon tun? Er hatte nichts gelernt und auch nicht das Geld wegzugehen, um neu irgendwo etwas anderes anzufangen. Vom kargen Lohn, im Grunde ein Taschengeld, das ihm der Bauer bezahlte, konnte er keinen eigenen Haushalt führen, geschweige denn eine eigene Familie ernähren, und Rücklagen hatte er auch keine; woher auch?

Für seine Arbeit als Knecht auf dem Hof bekam er das tägliche Essen, hatte den Schlafplatz in der dunklen Gesindekammer und einen geringen Lohn, den er sich zum größten Teil sparte und einzig oder überwiegend für sein Vergnügen ausgab. Wenn er sich im Dorf in einer Wirtschaft sehen ließ, brauchte er relativ wenig. Ein Glas Bier war noch billig, und es fand sich in der Regel immer irgendjemand, der ihm eines spendierte und einen Schnaps noch dazu, und wenn es nur dazu diente, ihn zu foppen – er galt ja als etwas einfältig und man sah in ihm nur einen armen Tropf.

Sicher, in Zell gab es die Prototyp-Werke und in Gengenbach die Polstermöbelfabrik Hukla und sonst noch einige Unternehmen im weiteren Umkreis. Diese Firmen suchten immer Arbeitskräfte. Den ganzen Tag über aber in einer Fabrik arbeiten, das konnte er sich überhaupt nicht vorstellen. Dann hätte er sich noch eine eigene Wohnung suchen und sich einen Hausstand zulegen müssen. Und wer sollte sich um seine Wäsche und das Essen kümmern? Das wollte er alles nicht, da fügte er sich lieber in sein unvermeidliches Schicksal, hoffte aber, seine Stunde würde schon noch kommen. „Isidor, s'kummt Zit, kummt Rat", sprach er wieder einmal laut aus, was ihn gerade bewegte.

Trotzdem, manchmal konnte er regelrecht depressiv werden. Wenn ihm die unguten, dunklen Gedanken wieder im Kopf schwirrten, dann leerte er einen Krug Most oder genehmigte sich zwei, drei Schnäpse und dachte: „C'est la vie" (so ist das Leben). Das hatte er in der Spielbank schon öfters sagen hören. Dann war es ihm wieder wohler ums Herz, und er verrichtete in gewohnter Weise seine ungeliebte Arbeit.

6

Eine zündende Idee

Über dem Schwarzwald flimmerte seit Tagen die Luft in der heißen Sommerhitze, und die Tage waren lang und stressig. Schon die ganze Woche über freute sich Isidor deshalb auf den nahenden Sonntag. Nachdem er früh morgens die Tiere im Stall versorgt hatte, zog er den guten Anzug an, schwang sich aufs Fahrrad und radelte nach Zell. In etwa zwei Stunden erreichte er auf dem üblichen Weg Baden-Baden. Beim Betreten des Casinos wurde er am Empfang freundlich begrüßt. „Wie geht es Herr Hermann. Hatten sie eine gute Woche Herr Hermann?" Freundlich nickte er dem Angestellten zu. „Scho recht, am liebschte gued!" (Schon recht, es ging mir gut oder am liebsten gut). Nebenbei tauschte er Jetons ein, und mit flottem Schritt strebte er dann dem vornehmen, prunkvollen Saal zu, wo das Roulette-Spiel geboten wurde.

Um diese Zeit gab es immer genügend Plätze am Tisch. Neben dem klassischen Roulette bot sich an anderen Tischen die Möglichkeit für Pokerspiel oder Blackjack. Ihm gefiel jedoch der typische Klang der im Kessel rollenden Kugel und, wie schon erwähnt, die anderen Spielarten lagen ihm nicht so. Hier beim klassischen Französischen Roulette hatte er seinen Platz. Sein geübtes Auge schweifte über den grünen Filz, auf dem die Teilnehmer am Tisch die Jetons mit mehr oder weniger System über die 36 Zahlen, plus

Rot oder Schwarz, gerade und ungerade oder die Null (Zero) verteilten. Seine seit Jahren geführten Aufzeichnungen dienten ihm als Anhaltspunkt für seine Disposition beim Spielen. An Hand derer setzte er konsequent seine Einsätze. Das Spiel bot die unterschiedlichsten variablen Möglichkeiten. Entweder er legte seine Jetons auf eine einzige Zahl – was seltener vorkam – oder er platzierte sie in einer Linie zwischen zwei Zahlen, der Außenlinie eines Dreier-Blocks, Mittenkreuz und so weiter. Immer wieder erstaunte es ihn, wenn er sah, wie sicher der Croupier wusste, wer gewonnen hatte und wer nicht – und blitzschnell rechnete der Mann im Kopf aus, welche Anzahl an Jetons einem Gewinner oder einer Gewinnerin zufielen.

Ein Schaudern lief ihm jedes Mal über den Rücken, wenn der Croupier mit geübter Hand die Kugel in den Kessel eindrehte, und gespannt warten alle, welche Zahl fallen würde. Man hörte es quasi knistern. Viele Spieler am Tisch zogen nervös an der Zigarette – Isidor allerdings nicht – und je mehr die Spannung stieg, umso dichter waberten die Rauchschwaden nach oben und vernebelten den Raum. Damals herrschte noch kein Rauchverbot in öffentlichen Räumen, den Gaststätten und schummrigen Bars. Nur wenige Zeitgenossen rauchten damals nicht. Besonders die Zigarrenraucher dampften wie eine Lokomotive, empfanden es aber keineswegs als Belästigung anderer, es war eine gängige Mode, mehr noch, ihr Laster zeugte von weltmännischem Stil.

Aus den Aufzeichnungen während seiner Einsätze der letzten Monate meinte er gewisse Gesetzmäßigkeiten ablesen zu können, und dass die Zahlen in einer relativen Regelmäßigkeit fielen. Schon seit Wochen orientierte er sich daran und hatte seitdem immer ein gewisses Quäntchen Glück. Kaum einmal musste er an den zurückliegenden Sonntagen vom Tisch, ohne ein oder zwei Hunderter Gewinn einzusacken. Das war für ihn viel Geld, und diese zusätzlichen Einnahmen erlaubten ihm, heimlich seine Garderobe Stück für Stück ein wenig aufzubessern. Dabei reifte in ihm der Gedanke: „Am Spieltisch bin ich bigott ein echter ein Glückspilz. Wenn mir schon das tägliche Leben nicht viel bietet, hier habe ich doch fast immer Glück, und da binni wer, gell Isidor, do kenne'mr die ondere d'Buckel nunterrutsche." (Da bin ich angesehen, da können mir die anderen den Buckel runterrutschen). Das freute ihn und stärkte enorm sein Selbstbewusstsein.

Wieder saß er sonntags schon mehrere Stunden am Spieltisch, und das kleine Häuflein Jetons hatte für seine Verhältnisse erfreulich zugenommen. Links und rechts schauten andere Spielerinnen oder Spieler bereits etwas neidisch zu ihm her, und wieder versuchte jemand ihn zu motivieren: „Setzen sie doch etwas mehr ein, riskieren sie etwas bei ihrem Glück." Bisher war er aber immer vorsichtig und zurückhaltend geblieben. Ein halbes Dutzend Einsätze folgten und er verlor. Schnell dreht sich dann wieder das Blatt, er hatte die richtigen Zahlen gewählt und gewann so bei einem Spiel nach dem anderen.

Unterdessen war es 16 Uhr, die Zeit, wo er sich vorgenommen hatte vom Tisch zu gehen. Eine Armband- oder Taschenuhr besaß er nicht, so war er auf sein Gefühl angewiesen oder er sah bei Nachbarn am Tisch, wie spät es war. „Gehst du schon?", wollte sein Nachbar wissen, „und das bei deiner Glückssträhne?" Diese Bemerkung bewog ihn, doch noch eine Stunde anzuhängen. Er blieb und hat es nicht bereut, es kamen noch satte Gewinne dazu. Am Ende dieses Sonntags durfte er Jetons für 750 Mark an die Kasse bringen und eintauschen, und er hatte auch nicht vergessen, den Angestellten ihren Tronc – das Trinkgeld – mit akzentuierter Geste in den vorgesehenen Schlitz zu geben. Mit innerer Genugtuung nahm er wahr, wie sie ihm dankbar zunickten. Was er heute gewonnen hatte, entsprach mehr als einem Monatslohn, den ein normaler Arbeiter allgemein so verdiente. Mit seinem eigenen Lohn wollte er es schon gar nicht vergleichen. Kurz kam das Gefühl auf: „Isidor, bisch rich, hesch e'mengi Geld im Sack" (bist reich, du hast viel Geld im Geldbeutel). Während der Zugfahrt hatte er viel Zeit zu sinnieren und den Tag in Gedanken Revue passieren zu lassen. „Was hätte ich gewinnen können, wenn mir der zehnfache oder gar hundertfache Einsatz möglich wäre?" Diese Gedanken ließ ihn nicht mehr los. „Ich müsste eine Möglichkeit finden, das Spiel mit höheren Einsätzen zu machen. Vielleicht kann ich Nachbarn am Tisch gewinnen, wenn ich gerade eine Glückssträhne habe, die mir Jetons überlassen, dann teilen wir die Gewinne." Immer und immer wieder überlegte er: „Wie komme ich an größere Summen und erhöhe damit meine Gewinnchancen?" Bei diesen Überlegungen wurde ihm heiß, Schweiß trat ihm auf die Stirn und er wurde ungewohnt hektisch. Ums Haar hätte er in Offenburg den Ausstieg aus dem Zug verpasst. Im letzten Augenblick sprang er noch aus dem Abteil auf den Bahnsteig hinaus.

Von hier musste er noch nach Biberach und Zell kommen. Erst von dort, während der Fahrt mit dem Fahrrad nach Nordrach, wurde sein Kopf wieder ein wenig kühler und klarer. „Des het mr guet'du, de Dag war grad recht für'mi, minetwegs kennt's so widdergoh" (Der Tag hat mir gutgetan, das war ein guter Tag für mich, meinetwegen könnte es so weitergehen). Ausgesprochen zufrieden traf er am Hof ein und suchte seine Kammer auf. Am Abend erledigte er rasch die übliche Stallarbeit, zog sich dann aber noch einmal passabel um und radelte ins Dorf. Dort kehrte er im Gasthaus „Kreuz" ein und bestellte bei der Bedienung ein Bier und einen Obstler.

Bis er erneut heimkam, war es schon nach 23 Uhr. Wieder erwarteten ihn eine kurze Nacht und eine lange Arbeitswoche. Seine Idee verfolgte ihn aber und ließ ihn die Woche über nicht mehr los. Dabei konnte er es kaum erwarten, wieder ins Casino zu kommen.

Viel zu früh klingelte am Morgen der Wecker, und etwas unausgeschlafen begann für Isidor der neue Tag und die neue Woche. Immer wieder beschäftigten ihn seine Überlegungen, ohne dass er eine Lösung gefunden hätte. Die Zeit verging dabei jedoch viel schneller und er dachte gar nicht mehr an die Mühsal und Drangsal seines ansonsten so freudlosen Daseins.

7

Eine günstige Gelegenheit

Schnell vergingen die Wochen und Monate, schon war ein neues Jahr ins Land gezogen und nun war es ein schöner Frühlingstag Mitte April. So ließ sich auch für Isidor gut reisen. Vor der Spielbank in Baden-Baden, die gepflegter „Casino Baden-Baden" genannt wird, blühten auf der überschaubaren Wiesenfläche tausende Tulpen und Narzissen in voller Pracht. Die Beete gingen hin bis zum einen Steinwurf entfernten Flüsschen Oos, und rechts des Eingangs bis zum Musikpavillon oder zur Trinkhalle auf der anderen Seite. Das „Casino Baden-Baden", wird neben dem Casino Monte Carlo, „zu den ältesten und berühmtesten Häusern in Europa gezählt und manche schreiben sogar: „Es sei die schönste Spielbank der Welt". Ringsum sah man ein Meer bunter Frühlingsblumen in den buntesten Farben und das erfreute schon vom Anblick die Sinne. Der leichte Grauschleier – sehr typisch für einen linden Frühlingstag – lag im Tal und das steigerte das Wohlbefinden, beeinflusste positiv und belebend die Hormone, bei den Menschen machte sich ein angenehmes Wohlgefühl und pure Lebenslust breit. Das ist die hohe Zeit, von denen die Dichter wortgewandt schwärmten und die Poeten ihre Liebeslieder komponierten.

Das Casino in Baden-Baden ist mehr als nur eine gewöhnliche Spielbank. Sie verkörpert das Lebensgefühl von Baden-Baden und ist ein Inbegriff für europäische Bade- und Kurkultur. Im Ambiente der Belle Epoque dreht sich alles um Roulette, Blackjack und Poker. Die Stadt selbst schmückt sich auch heute noch gerne mit dem Titel: „Sommerhauptstadt Europas." Das Spielcasino mit seiner über 150-jährigen Geschichte ist eine Institution der besonderen Art. So kann man es nennen. Das Haus ist als Bauwerk nach Vorbildern der französischen Königsschlösser konzipiert. Der Karlsruher Baumeister Friedrich Weinbrenner hatte ein klassizistisch inspiriertes Palais entworfen, das heutige Kurhaus. Mit seinen acht korinthischen Säulen wurde es zum Symbol und ist eine gute Werbung für Baden-Baden. Das Kurhaus wiederum ist – neben Wandelgängen, Theater und einem großen Speisesaal – das Herz- und Prunkstück des glamourösen Baues mit weißen Pfeilern, Nischen und Statuen. Im vorderen Teil wird gespielt, im hinteren getanzt. In den Räumen finden ganzjährig hochkarätige musikalische Darbietungen statt. Schon 1801 gab es in der Stadt das erste Glücksspiel, und viele bedeutende Spieler verloren seither an den Tischen der Spielbank ein Vermögen. Manche konnten es sich gut leisten, andere – darunter viele berühmte Russen – verspielten ihren geerbten Besitz. Hier in Baden-Baden trafen sich einst der europäische Adel und die französische Elite und gab sich ein Stelldichein.

Doch zurück zu unserem Protagonisten. Wie gewohnt, traf Isidor gegen 11 Uhr in Baden-Baden ein. Eigenartig, auch ihm war ganz anders ums Herz und fast zum Jubeln zumute. Vom Bahnhof ließ er sich aus diesem Grund an diesem schönen Tag mit dem Taxi zum Casino fahren. Das machte beim Eintreffen mehr her, denn er wollte einen guten Eindruck machen, falls er gesehen und erkannt würde.

Nach dem üblichen Ritual der Anmeldung tauschte er 200 Mark in Jetons ein und ging dann zielstrebig dem Saale zu, wo klassisches Französisches Roulette geboten wurde. Sitzend am

Tisch spielen, war über mehrere Stunden bequemer, und er brauchte dringend neben sich etwas Platz für seine Aufzeichnungen. Wie üblich war aber um diese Stunde noch ein Platz am Spieltisch frei, und er setzte sich in aller Ruhe in die Nähe des Croupiers, dorthin, wo er das Geschehen am besten überblicken konnte.

Mit gekonnter Gestik legte er sein Notizbuch neben sich. Penibel hatte er darin alle Ergebnisse der Spiele notiert, an denen er seit Monaten teilgenommen hatte, ferner, ob er Geld verloren hatte oder welche Gewinne für ihn angefallen waren. Seine Aufzeichnungen nahmen etwas die Hektik heraus, denn so konnte er nicht an jedem Spiel teilnehmen, sondern meistens nur an jedem Zweiten, was ihn keineswegs störte. Wie gesagt, es nahm die Hektik heraus und er behielt einen klaren Kopf und den Überblick. Zum Notizbuch legte er demonstrativ noch einen goldenen Füllhalter, den er vor längerer Zeit geschenkt bekommen hatte. Dann war er bereit und es konnte losgehen: „Faites votre jeu" (Ich bitte das Spiel zu machen). Das war für ihn immer wieder der Startschuss zum Eintritt in eine andere Welt.

Die Gewinne der letzten Monate, dank höherer Einsätze, und seit er mit seinem ausgedachte, ausgeklügelten, vermeintlich todsicheren System spielte, konnten sich durchaus sehen lassen, wenngleich sie bei weitem nicht mit dem vergleichbar waren, was so manch anderer Spieler oder Spielerin am Tisch einsetzten und gewonnen oder auch verloren haben.

Links neben ihm saß ein Mann, der geschätzt die sechzig überschritten hatte. Dem Stapel an Jetons nach, den er vor sich parkte, schien er nicht sonderlich sparen zu müssen oder gar ein Risiko zu scheuen. Die Gewinne waren allerdings bescheidener. Der Stapel schmolz zusehends, wie Schnee in der Sonne, und schon schob er dem Croupier einen Bündel Scheine zu, dafür erhielt er Jetons im Wert von 5000 Mark. Rechts von Isidor hatte eine Dame im mittleren Alter Platz genommen. Trotz des gut temperierten Raumes, trug sie eine Pelzstola um den Hals legt. Dazu rauchte sie – oder nein – zog sie sehr nervös an ihrer Zigarette, die in einem 30 Zentimeter langen Mundstück steckte. Meistens war die Zigarette erloschen, deshalb sie zündete sie mit zitternden Fingern und einem goldenen Feuerzeug wieder und wieder neu an. Auch sie verlor nach und nach größere Summen.

Für Isidor waren die letzten zwei Stunden optimal gelaufen. Begonnen hatte er anfangs mit dem Mindesteinsatz von 5 Mark, der an diesem Tisch galt. Die Tische mit 2 Mark Mindesteinsatz mied er schon lange. Da durfte nur im Stehen gespielt werden, und da spielten eigentlich nur Gelegenheitsspieler, die es nur einmal ausprobieren wollten oder als Besucher im Saal weilten, und zum Spaß ein Spielchen versuchten, um später sagen zu können: „Ich war in der Spielbank und habe gesetzt." Solche Freizeitspieler machten ihn nur nervös und stellten unerwünschte unnötige Fragen. Wie man hörte, waren sie auch von den Spielbanken gefürchtete Spieler. Sie kamen, setzten ein paar Scheinchen und verschwanden mit den Gewinnen. Die Bank hat danach nie mehr eine Gelegenheit das verlorene Geld zurückzugewinnen.

Wieder schien er von einer Gewinnsträhne getragen zu sein, und Göttin „Fortuna" war ihm sichtbar hold. Inzwischen stapelte er Jetons für mindestens 400 Mark vor sich hin. Sein bescheidenes Spielkapital hatte er damit schon verdoppelt. Das war für ihn gut oder in seinem heimatlichen badisch-alemannischen Dialekt gesagt: „E' sau Huffe Geld". Inzwischen wurde es Zeit für eine Pause, und er ging in das im gleichen Bau nebenan befindliche Restaurant, setzte sich an einen freien Tisch und bestellte sich ein Mittagessen à la carte.

Kaum saß er, kam auch schon sein Nachbar vom Spieltisch und setzte sich ungefragt zu ihm. „Warum auch nicht?", dachte Isidor, „wenn er mit meiner Gesellschaft zufrieden ist." Aber der

Mann kam gleich zu Sache. „Warum setzen sie bei ihrem Spielglück nicht mit höheren Summen? Sie sind doch nicht neu hier und scheinen sich gut auszukennen." „Ich bin ein vorsichtiger Mensch und setze mein Geld lieber begrenzt ein. Mein Spiel ist eigentlich nur ein Hobby", erwiderte Isidor etwas verlegen.

So ergab ein Satz den anderen und bei dieser Gelegenheit stellte sich der Mann auch vor: „Ich bin ein Fabrikant aus Waiblingen, das ist in der Nähe von Stuttgart, und ich komme häufiger nach Baden-Baden. Mir mag sowohl das Haus, das ganze Ambiente und liebe die besondere Atmosphäre, außerdem habe ich hier mehr Glück als in anderen Spielbanken. Ich war schon in Stuttgart, in Wiesbaden, in Bad Harzburg und anderswo. Sogar in Monaco habe ich schon mein sauer verdientes Geld liegen gelassen. Hier gefällt es mir aber einfach am besten."

Während des kurzweiligen Gespräches, wollte der Fabrikant aus Waiblingen natürlich neugierig wissen, was Isidor denn so macht und wo er herkommt. In diesem Kreis konnte Isidor sehr wortgewandt sein, auch wenn seine Aussprache infolge der Behinderung etwas verwaschen klang und gewöhnungsbedürftig war. Wenn er aber hier redete, sprach er langsam und akzentuiert, da wirkte er durchaus überzeugend. „Ich bin Gestütsbesitzer und komme aus dem Mittleren Kinzigtal, aus Nordrach genau."

Nun war es wieder an der Zeit an den Spieltisch zurückzukehren. Er wollte nicht riskieren, dass inzwischen alle Plätze belegt waren. Kaum saß er, kam auch der Fabrikant und setzte sich wieder neben ihn. Wie sie erfreut feststellen durften, hatte die Spielerin an der rechten Seite – die bejahrte Dame – beide Plätze verteidigt und freigehalten. Das war eine nette Geste und beide bedankten sich bei ihr. Nunmehr saß Isidor also wieder in der Mitte dieses Trios und genoss sichtlich die ihm zuteil gewordene Aufmerksamkeit. „Wann erlebe ich schon so etwas?", das hob enorm sein Ego. Das Eis war gebrochen und Isidor wandte sich in seiner – in diesen Kreisen – eloquenten Art wieder dem Spiel zu.

Konsequent setzte er das Spiel in gleicher Weise fort. Sein Nachbar verlor eine Partie nach der anderen und nicht weniger die Dame an der rechten Seite. Dagegen gewann Isidor, von wenigen Ausreißern einmal abgesehen, fast bei jedem Spiel. Besser wurde es für diese beiden erst, als sie begonnen hatten, überwiegend auf die gleichen Zahlen zu setzen. Das hatte schon etwas Mystisches an sich, er, Isidor, gab die Richtung vor.

Majestätisch thronte der „Chef de Table" oben am Tisch, und vom erhöhtem Sitz gab er akzentuiert seine Order: „Machen sie ihr Spiel, Faites votre jeu", und schon warf der Croupier gekonnt die Kugel, die mit melodischem Klang im rotierenden Kessel ihre Kreise zog. Unwillkürlich faszinierte dieser Ton, und nicht wenige hatten Gänsehaut und ein Schauer lief ihnen über den Rücken. Schon vernahm man das sing-sang-mäßige, höfliche und entschiedene: „Nichts geht mehr, rien ne va plus". Immer langsamer werdend holperte die Kugel über schwarzen und roten Zahlen, bis sie zitternd auf einer x-beliebigen liegen blieb. Die Kugel lag auf einer Zahl, und ohne irgendwelche Emotionen erkennen zu lassen, räumte der Croupier alle Jetons ab, die auf den nicht gezogenen Zahlen platziert waren. Dann schob er dem oder den Gewinnern einen Stapel Jetons, den 35-fachen Satz plus Einsatz zu, wenn nur auf eine Zahl getippt wurde, oder Teile davon, je nachdem, wie gesetzt worden ist. Eine spielerische und doch so entscheidende Sache, immer und immer wieder faszinierend.

Beim Setzen im Spiel gab es die verschiedensten Möglichkeiten, und davon wurde allseits reichlich Gebrauch gemacht. Zum Beispiel bei Rot oder Schwarz, bei geraden oder ungeraden Positionen gab es den einfachen Satz plus Einsatz, oder „Transversale simple", das sind 6 Zahlen. Da wurde der fünffache Gewinn plus Einsatz gezahlt. Isidor spielte lieber „Carré", das sind 4 Zahlen, und dabei gab es den 8-fachen Gewinn. Wenn er vorsichtiger agierte, dann wählte er die „einfache Transversale". Die Wahlmöglichkeiten waren also sehr vielfältig, und er staunte immer wieder neu, wie das Personal bei all dem Durcheinander auf dem Tisch und dem schnellen Spielverlauf noch den Überblick behalten konnte.

Etwas genervt von seinem Misserfolg hatte sich irgendwann der Fabrikant an Isidor gewandt. „Setzten sie doch einmal für mich. Vielleicht habe ich dann mehr Glück. Wenn wir gewinnen machen wir fifty-fifty, einverstanden?" Zuerst war Isidor über diesen Vorschlag verblüfft, dachte dann aber: „Das ist es doch, genau das, was ich erträumt habe, warum also nicht, so komme ich zu den höheren Einsätzen". Laut sagte er: „Gut, das können wir so machen", und schon lagen fünf 100er-Jetons vor ihm, die er auf eine „Kolonne" – das sind 12 Zahlen – setzte, und dazu seinen eigener Einsatz von fünf 5er-Jetons.

Die üblichen Kommandos folgten, und schon rollte die Kugel holpernd im Kessel. Wieder war das ultimative: „Nichts geht mehr, rien ne va plus", zu hören, die Kugel machte noch ein paar Sprünge, landete auf der Neun und genau auf einer der zuvor gesetzten Zahlen. Das gab den Einsatz von 500 Mark und noch 1000 dazu, und schon bekam Isidor 500 Mark zu seinem eigenen Gewinn zugeschoben. „Dunderwetter", dachte Isidor, der „Gestütsbesitzer aus Nordrach", „des hesch gued zweg brocht, des het suber badded (das hast du gut gemacht, hat sauber funktioniert). So schnell bin ich noch nie an so einen Batzen Geld gekommen." Und auch die Mitspielerin an seiner Seite bekam „Stielaugen".

Das ging noch eine ganze Weile so. Inzwischen hatte sich die Mitspielerin auch aufgedrängt, wollte nach der gleichen Methode teilnehmen dürfen, und auch sie gewann eine erkleckliche Summe. Zwar haben sie nicht bei jedem Spiel gewonnen, aber nach einigen glücklichen Spielen hatten die Beteiligten die Einsätze erhöht, und unter dem Strich ergab sich – speziell für Isidor – ein geradezu sagenhaftes Plus.

Gegen 17 Uhr war es für ihn wieder an der Zeit aufzubrechen. Heute trug er, mit ein wenig Herzklopfen, Jetons im Wert von 12'000 Mark zur Kasse und tauschte sie ein. Fast hätten die vielen Geldscheine nicht in seine Dokumententasche gepasst, die er in die Innentasche seines Anzuges presste. Ein wenig beulte sich ihm die Jacke nun aus, als er zufrieden in das bei den Arkaden wartende Taxi einstieg. Ein Saaldiener hatte es für ihn angefordert und kommen lassen. Selten hatte er sich so beschwingt auf den Rücksitz im Taxi fallen lassen und nun auf den Heimweg begeben. Die lange Bahnfahrt empfand er an diesem Tag nicht einmal lästig. Am liebsten hätte er alle im Zugabteil umarmt, zwang sich aber doch ruhig zu bleiben, stattdessen blickte er durchs Zugfenster in die vorbeirauschende Landschaft.

Nach dem Umstieg in die Kinzigtalbahn leuchtete das Ortenberger Schloss, über dem Tor zum Kinzigtal, buntfarben in der untergehenden abendlich-milden Sonne. Das schien ihm wie ein gutes Omen. „Isidor, dinni Zit isch kumme, jetzed konns nur noch ufwäts go", dachte er euphorisch (Isidor, deine Zeit ist gekommen, jetzt kann's nur noch aufwärts gehen).

8

Ein Konto bei der Sparkasse

Spätabends kam Isidor in Nordrach an und ging, ohne dass ihm jemand auf dem Hof begegnete und hätte Fragen stellen können, in seine Kammer. Für den Besuch einer Gaststätte im Dorf hatte er heute keine Lust mehr. Diesen tollen Tag musste er innerlich erst verdauen, er war auch viel zu freudig aufgeregt um noch unter Menschen zu gehen und sich dort eventuell dumm anmachen zu lassen. Selbst in der Nacht konnte er kaum Schlaf finden. Unruhig wälzte er sich von einer Seite auf die andere. „So wie ich es mir schon immer ausgemalt habe, bedarf es höherer Summen beim Einsatz um zählbare Gewinnsummen zu erzielen. Das, was ich bisher spielte, war nur klein-klein. Mit meinem System und meinem Glück würde ich bald ein gemachter Mann sein und in diesen Kreisen etwas gelten." Solche Gedanken drehten sich ihm wie ein Kreisel immerzu im Kopf.

Schon war es 5 Uhr in der Frühe und der Wecker klingelte, Zeit, das Bett verlassen, die tägliche Arbeit wartete. In den Gedanken ertappte er sich aber auch jetzt immer wieder beim Spiel und er sinnierte, wie er an größere Summen käme, und wie er zukünftig strategisch in der Spielbank vorgehen wollte. Das Gebruddel des Bauern überhörte er heute geflissentlich. Gegen Mittag bat er ihn: „Kann ich um 15 Uhr meine Arbeit zwischendurch kurz unterbrechen? Ich muss eine dringende Erledigung in Zell machen. Um

19 Uhr bin ich wieder zurück, rechtzeitig zur Stallarbeit." Der Bauer zeigte sich großzügig und verwehrte es ihm nicht. So ging Isidor um 15 Uhr vom Feld, wusch sich kurz am Brunnentrog im Hof, zog eine andere, eine saubere Jacke an und radelte das Tal hinaus nach Zell. In der Stadt betrat er aufrecht und stolz das Sparkassengebäude in der Hauptstraße. Etwas verstohlen blickte er sich um, als ein Bankangestellter auf ihn zukam und wissen wollte: „Haben Sie einen Wunsch, kann ich Ihnen behilflich sein?" „Ich möchte ein Sparkonto eröffnen", erwiderte Isidor und legte ein Bündel Scheine auf den Tisch, genaugenommen waren es 10'000 Mark. „Diesen Betrag möchte ich einbezahlen." „Kein Problem, das haben wir gleich", gab dienstbeflissen der Bankangestellte, holte ein rotes Sparbuch, trug den Namen ein: „Isidor Hermann". Über die Summe stellte er einen Beleg aus, den Isidor unterzeichnete, und dann übertrug der Angestellte die Summe ins Sparbuch, besiegelte es mit einem Stempel und bestätigte den Eintrag mit Unterschrift. Das Prozedere hatte keine 10 Minuten gedauert, und schon war „die Kleinigkeit" für die Bank erledigt, für Isidor aber war es eine große, eine gewaltige Sache. Isidor bekam das Sparbuch ausgehändigt, und innerlich erschaudernd steckte er es ehrfürchtig in die Jacken-Innentasche und verließ danach ohne größeres Aufsehen die Bank. „Was ist das für mich für ein bewegender Augenblick", überlegte sich Isidor. „Für die Bank ist es ein Alltagsgeschäft; war für eine Welt?" „Was wäre meine Mutter stolz auf mich, wenn sie das mitbekommen hätte." Sein nächster Weg führte ihn in die Oberstadt ins Kaufhaus Bender und dort hielt er nach einem neuen Anzug Ausschau. Ein schicker, hellgrau gestreifter sollte es sein. Mit Hilfe des Verkäufers fand er auch einen, der exakt passte und ihm gefiel. Dazu wählte er eine dunkelrot-gestreifte Krawatte. Beim Betrachten im Spiegel gefiel ihm sein Äußeres sehr gut. „So ein Anzug machte doch gleich einen ganz anderen Menschen aus einem", dachte er, und erinnerte

sich an die Novelle: „Kleider machen Leute", die sie einst in der 8. Klasse der Volksschule im Unterricht gemeinsam gelesen hatten. Zufrieden mit sich und der Welt radelte er nach Hause. Ihm schien, das Rad läuft heute alleine, so beschwingt trat er in die Pedale. Nach der Ankunft erledigte er am Abend ein wenig schneller als sonst die übliche Arbeit. Um gleich seine Kammer aufzusuchen, war es ihm noch zu früh, und Lust fürs Bett hatte er auch noch nicht. Kurz entschlossen fuhr er noch einmal los und wieder mit dem Rad ins Dorf, wo er im Gasthaus „Kreuz" einkehrte. Das war schon so etwas wie ein Stammlokal für ihn. Seinen Platz nahm er aber an einem Nebentisch ein und bestellte bei der Bedienung ein Bier und einen Rossler. Am Stammtisch sah er fünf bekannte Männer aus dem Dorf sitzen, und wie er hörte, diskutierten sie eifrig über Fußball, Gott und die Welt.

Anfangs nahmen sie den alleine am Tisch sitzenden Isidor nicht wahr. Der Krumholz-Anton führte das große Wort und vom Gärtner-Franz bekam er dafür heftig kontra. Das Thema drehte sich gerade wieder einmal um die hohe Politik, und man war mit der regierenden CDU überhaupt nicht zufrieden. „Man muss Kurt Spitzmüller, unserem einheimischen FDP-Bundestagsabgeordneten einmal richtig Dampf machen, damit der sich mehr einmischt, und den Ministern in der Regierung auf die Zehen steht oder kräftig in den Hintern tritt."

Der Spitzmüller-Frieder – nicht mit dem Heinerbur verwandt, denn den Namen Spitzmüller trugen viele in Nordrach – mischte sich auch ein und monierte: „Für die ländliche Bevölkerung und erst recht die Bauern hat man in Bonn überhaupt nichts übrig. Alles dreht sich nur um die Großindustrie, und den Amerikanern kriecht man in den Hintern. Was die wollen, das befolgen wir Deutschen wie die jungen Hunde." Aus sicherer Distanz hatte Isidor interessiert zugehört und sich so seine eigenen Gedanken gemacht. Bisher hatte man ihn noch nicht bewusst wahrgenommen, und aufdrängen wollte er sich nicht, er kannte ja seine Pappenheimer. Plötzlich sah der Konrad vom Kohlberg in seine Richtung. „He Isidor, worum hocksch alleinigs am Disch, trausch'di nit zu uns noz'hocke? Kumm her, i'zahl' d'r au e'Bier oder willsch lieber e'Moscht?" (Isidor, warum sitzt du alleine am Tisch, traust dich nicht zu uns zu kommen? Komm her, ich zahle dir auch ein Bier oder willst du lieber einen Most?) Zögerlich stand Isidor auf, begab sich zum Stammtisch und nahm auf einem freien Stuhl Platz, traditionsgemäß dreimal mit den Knöcheln der geballten Faust auf den Tisch klopfend. „Warum bist du denn heute in der Wirtschaft, hast du zu Hause nichts mehr zu tun?", wollte einer wissen. „Doch, doch, aber ich hatte geschäftlich in Zell zu tun und auf dem Hof war inzwischen die meiste Arbeit erledigt", antwortete der Angesprochene. „Was, du hattest geschäftlich in Zell zu tun? Was kann es denn so Wichtiges geben, dass du an einem stinknormalen Arbeitstag nach Zell musst?", wollte der Spitzmüller-Frieder wissen, und auch die anderen taten sehr neugierig. Ich war in der Sparkasse und habe mir ein Sparbuch anlegen lassen und ein nettes Sümmchen einbezahlt", nuschelte Isidor mit Stolz in der Stimme. „Wie kommst du an Geld, bezahlt dich der Bauer so gut, dass du dir einen Sparstrumpf zulegen kannst?", wollte der Krumholz-Anton, neugierig geworden, wissen. „Nein, nein, ich habe eine andere und ganz sichere Einnahmequelle. Ihr werdet euch noch wundern." Inzwischen hatte ihm die Bedienung das spendierte Bier hingestellt, und Isidor trank es in einem Zug aus, wischte mit dem Jackenärmel den Schaum vom Mund und bestellte keck ein weiteres. „Hesch hit e gueder Zug druff", (du hast heute einen guten Zug drauf) bemerkte lachend einer aus der Runde. Mehr wollte Isidor zu dem Thema „Geld" nicht mehr sagen und preisgeben. „S'isch alles gschwätzt und noch z'früh zum gaggere, werrets scho no rechzittig merke, dass'dr Isidor kei Dummkopf isch" (es ist alles gesagt und noch zu früh mehr zu verraten. Ihr werdet aber schon noch merken, dass der Isidor kein Dummkopf ist), gab er angriffslustig in die Runde. „Hesch des g'hert, konterte der Konrad, de'Isidor wills uns zeige." Genüsslich trank dieser aber das inzwischen vor ihm stehende zweite Glas Bier leer. Der Gärtner-Franz hatte noch eine Runde Rossler spendiert, und Isidor bedankte sich. „Heute, das war mein Tag, so gut sollte es immer laufen", dachte er mit sich zufrieden, sagte aber nichts.

Noch eine Stunde ging es bei den Gesprächen heiß her in der Runde, und Isidor fühlte sich sichtlich wohl. Das war ein gutes Gefühl, in die Debatten der Persönlichkeiten aus dem Ort direkt eingebunden zu sein, auch wenn er nicht viel sagen konnte, wichtiger war ihm, er war dabei, er gehörte dazu. Das kannte er aus Erfahrung schon ganz anders, und er war sehr sensibel und fühlte genau, wenn einmal die Atmosphäre nicht stimmte. Heute aber hat sie gestimmt. Inzwischen knurrte ihm der Magen, nun war er richtig hungrig. Jetzt erst wurde ihm bewusst, dass er noch gar kein Abendessen zu sich genommen hatte. Bei der Bedienung bestellte er deshalb das Tagesgericht. Die Küche bot noch saure Kutteln mit Brägele (Innereien mit Bratkartoffeln) und schmackhafter brauner Soße. Das Gericht schmeckte ihm vorzüglich, und einen gesunden Appetit hatte er wohl immer. Zum Schluss ließ er sich noch eine Scheibe Brot bringen und wischte damit auch den letzten Rest Soße aus dem Teller. Der war hinterher blitzblank und sah wie schon gewaschen aus. Jetzt war es aber doch höchste Zeit zum Aufbruch, er bestieg beschwingt sein Rad und fuhr das Dorf hinaus ins Untertal. Am nächsten Morgen musste er schließlich wieder in aller Herrgottsfrühe aufstehen. „Morge um fünfi isch d'Nocht rum." Gerade bog er aufs Hofgelände ein. Die Fläche bestand aus befestigtem Mutterboden, war also weder gepflastert noch geteert, und wenn es regnete, dann war es unangenehm schmierig ums Haus. Vor allem, wenn die Pferde und Ochsen mit den Wagen vom Feld kamen, wurde stets Erde mitgetragen, die sich von den Wagenrädern oder den Hufen löste und auf der Einfahrt verteilte. Die Bäuerin kam ihm so spät noch entgegen. Sie hatte wohl noch einmal ums Haus nach dem Rechten sehen wollen. „Hallo, Isidor, hit warsch aber long furt, wo bisch gsi?" (Heute warst aber sehr lange fort, wo warst du?) „Ich war erst in Zell und jetzt komme ich direkt aus der Wirtschaft. Nun bin ich rechtschaffen müde und will nur noch ins Bett". „Alle gued, donn schlof fescht, bis morge frih, dass'dr rechtzittig ufwachsch." (Gut, dann schlafe fest, bis morgen früh, dass du auch rechtzeitig wach wirst).

Im Zimmer verstaute er sorgfältig das neue Sparbuch in einer massiven abschließbaren Holztruhe, in der er auch sonst alle persönlichen Gegenstände aufbewahrte. Einen Schrank gab es in seiner Kammer nicht. Die Kleider hing er allgemein an einen Haken, der oben am Holzbalken angebracht war. Neben dem Bett gab es nur noch einen Nachttisch und darauf befand sich eine Waschschüssel aus Emaille, dazu ein Krug mit Wasser. Daneben lagen Waschlappen und ein Stück Kernseife. Zwei Handtücher am Nagel ergänzten die bescheidenen Utensilien. Damit hatte es sich, doch diesen Luxus benütze er eher selten, denn das fließende Wasser am Brunnen genügte ihm vollkommen, und er reinigte sich lieber draußen. Da konnte er rumspritzen ohne den Boden hinterher trockenwischen zu müssen.

Im Zimmer angekommen, entkleidete er sich und legte sich ins Bett. Noch extra waschen, das war unter der Woche nicht üblich. Wenn er sonst vom Feld kam, dann wusch er sich grob am Brunnen im Hof und samstags ging er – wie erwähnt – ins Volksbad im Schulgebäude, wo er kostenlos duschen durfte so lange er wollte und Lust hatte. Das reichte völlig für sein Reinlichkeitsempfinden.

9

Großes bahnt sich an

Wieder wurde es Sonntag, den Isidor ungeduldig herbeigesehnt hatte. Nun etwas aufgekratzt machte er sich auf den Weg nach Baden-Baden. In seiner Tasche hatte er nach seinen relativ bescheidenen Maßstäben die unglaubliche Summe von 1500 Mark als Spielkapital dabei, die er vom letzten Sonntag zurückgelegt hatte. Jetzt wollte er an diesem Tag mit größeren Beträgen einsteigen, mit höheren Summen, wie er es bisher gewohnt war oder tun musste.

Vom Bahnhof in Oos ließ er sich, wie mittlerweile schon zur Gewohnheit geworden, mit dem Taxi in die Kaiserallee bringen, direkt zum Platz unterhalb vom Kurhaus, und von da eilte er mit flottem, sicherem Schritt dem Casino zu und begab sich schnurstracks zur Anmeldung. Draußen war an diesem Morgen eine etwas diesige Stimmung, drinnen im Saal aber, so empfand er es, strahlte für ihn freundlich die Sonne. Zielstrebig hielt er dem Bénazet-Saal zu und setzte sich an einen Platz am Tisch wo Französisches Roulette gespielt wurde. Unter den Gästen gilt das klassische Französische Roulette als gehobener und edler. Eigenartig, in der Spielbank und am Tisch da wurde er innerlich zu einem anderen Menschen, fühlte sich nicht mehr als unbedeutender Knecht auf einem mittelgroßen Hof im Schwarzwald. In seinen Augen sah er sich gleichbedeutend mit den anderen, auf gleicher

Höhe oder sogar etwas Besserem. Der neue Anzug und die schicke Krawatte verstärkten zudem noch enorm sein Selbstwertgefühl.

Erfreut sah er, dass der Fabrikant aus dem Schwäbischen schon am Tisch weilte, und zu ihm zog es Isidor hin. Dort, direkt neben ihm saß zwar schon ein Spieler, dieser machte aber auf den Wunsch hin Platz, rückte ein Stück weiter, sodass Isidor neben dem Schwaben zu sitzen kam. „Das ist ein gutes Omen", dachte er und sein Blick schweifte mit geübtem Auge über den grünen Filz. Im Geiste sah er schon, wie sich ein großer Stapel Jetons im Strahlenkranz vor ihm auftürmt.

Bei der Anmeldung hatte er sich zwanzig 50-Mark-Jetons geben lassen. Heute wollte er nicht mit dem Mindesteinsatz beginnen und klein-klein spielen. Seine Hoffnung ging umso mehr zu einer wundersamen Vermehrung. Sorgfältig stapelte er die Jetons vor sich auf, und nach dem üblichen Ritual setzte er zwei davon, den einen auf eine Linie zwischen zwei Zahlen, und einen auf ein Mittenkreuz mit vier Zahlen. Der Croupier drehte gekonnt die Kugel in den rotierenden Kessel und schon kam ultimativ: „Rien ne va plus". Die Kugel umkreiste erst schnell, dann immer langsamer werdend den Kessel, holperte und hüpfte über rote und schwarze Zahlen wie ein trainierter Hürdenläufer. Die Spannung stieg, es knisterte förmlich, und schon blieb zitternd die Elfenbeinkugel auf der 24 liegen. Leider waren diesmal keine der von Isidors gesetzten Zahlen dabei.

Vorsichtshalber ließ er die nächsten Spiele erst einmal aus. Lieber widmete er sich seinen Notizen und versuchte eine Linie zu erkennen. Seine Strategie: „Ich muss das große Glück überlisten." Jede gefallene Zahl hatte er seit Monaten notiert, und er war sich sicher, dass bestimmte Zahlen bevorzugt und häufiger fielen. Für die weiteren Spiele nahm er sich vor: „Heute setze ich konsequent auf entsprechende Kombinationen." Beim fünften oder sechsten der folgenden Spiele setzte er zwei Jetons immer auf ein Carré.

Doch Zweifel kamen in ihm auf, er disponierte um und schob die Jetons nun auf eine andere Zahlenkombination. Die Zahl 15 fiel, und sie gehörte zu den gesetzten Zahlen. Das gab den 8-fachen Gewinn plus Einsatz. „Sackra, so muss es jetzt weitergehen, das waren jetzt schon sieben Hunderter, wenn ich meinen ersten Einsatz abziehe", triumphierte Isidor innerlich. Sein Nachbar beglückwünschte ihn. Die anderen Spieler dagegen waren viel zu sehr mit sich beschäftigt, und solche „kleinen Summen" waren für die „Profizocker" nur „Kleingeld". Sowas war keiner Beachtung wert.

Nach fünfzehn Spielen hatte sich der Jeton-Stapel vor Isidor erstaunlich vermehrt. Zwischendurch verließ er seinen glücksbringenden Platz, ging an die Kasse und ließ ein Teil seiner Jetons in Scheine einwechseln. Der Schwabe hatte nicht so viel Glück und hatte schon mehrere Zehntausend Mark verzockt. „Wollen wir es wieder so machen, wie beim letzten Mal?" richtete er sich, der Verzweiflung schon recht nahe und mit erbarmungswürdiger Miene, fragend an Isidor. „Ich gebe dir höherwertige Jetons und du setzt sie für mich mit." „Warum nicht? Wir machen es so." Gesagt getan, auch heute hatte Isidor ein erstaunlich glückliches Händchen. Bei drei von fünf Spielen waren die richtig gesetzten Zahlen dabei, und sein Bestand an Jetons war auf 24'000 Mark angewachsen, wenn er die schon Umgetauschten mit dazu rechnete.

Wenn Isidor auf seinen Stapel blickte, musste er tief Luft holen und sich beherrschen, damit er nicht Schweißausbrüche bekam oder ein Schwindel ihm den Kopf verdrehte. Um seine Nerven unter Kontrolle zu behalten, machte er zwischendurch mal eine Pause, und auch der Schwabe erhob sich mit tiefem Seufzen vom Platz. Beide verließen sie den Saal und gingen nach nebenan ins Restaurant. Der Fabrikant bestellte für sich ein dreigängiges Menü und großzügig lud er seinen Spielnachbar mit ein: „Kommen sie, Isidor, machen sie mir die Freude und essen mit mir, ich lade sie ein, wählen sie ein feines Menü, das haben wir verdient." Sowas ließ sich Isidor selbstverständlich nicht zweimal sagen, bestellte Wildragout mit Spätzle und Feldsalat, Obstdessert und einem Viertel „Affentaler Spätburgunder", sowie ein Mineralwasser in der Gourmetflasche. „Isidor, an so ein exquisites Gericht kommst du nicht alle Tage", sinnierte er glücklich. Nach dem Essen ließ der Schwabe noch zwei Cognac im Tulpenglas servieren und, als Gipfel der Genüsse, hinterher noch einen doppelten Espresso. Isidor schmunzelte: „Donnerwetter, heute, das ist mein Tag". Jetzt fühlte er sich nicht nur gestärkt, sondern innerlich geerdet; sapperlot, so konnte es weiter gehen. Seine Ahnung sagte ihm: „Heute bahnt sich etwas Großes für ihn an." Fast euphorisch und mit neuem Unternehmungsgeist schritten sie zügig in den Spielsaal zurück, ihrem Tisch und Platz zu. Unterwegs hatte sich der Schwabe noch eine dicke Havanna angezündet und Isidor ebenfalls eine gereicht, die dieser gerne annahm, auch wenn er sonst nicht rauchte. „Wenn man sich weltmännisch geben will, muss man Ausnahmen machen", dachte er dabei und dankte dem edlen Spender. „Isidor, heute dapp'i dem Deufel uf'en Schwanz" (heute trete ich dem Teufel auf den Schwanz).

Das Glück blieb dem Nordracher erstaunlich auch am Nachmittag noch hold. Nachdem er um 17 Uhr den Tisch verlassen musste, weil die Zeit zur Heimfahrt drängte, hatte er Jetons im Wert von 46'500 Mark angesammelt und konnte sie umtauschen. Das dicke Bündel an Geldscheinen, das ihm der Kassierer zuschob, packte er in eine extra mitgebrachte Ledertasche mit Gürtel, die er sich unter dem Jacket um den Bauch band. Wie wenn er es geahnt hätte, heute reichte seine Brieftasche für das dicke Bündel an Geldscheinen nicht aus.

Das bestellte Taxi wartete schon, als Isidor die Spielbank verließ und ohne Eile die paar Meter bis zum Platz vor dem Theater schritt. In wenigen Minuten erreichten sie den Bahnhof in Baden-

Oos, und schon 10 Minuten später fuhr der Zug in Richtung Offenburg ab. Bis der Glückspilz an diesem Abend zu Hause eintraf, war es längst dunkel, aber noch Zeit genug, auf einen Sprung ins Dorf zu wollen, um sich dort in der Wirtschaft noch ein Bier zu gönnen oder mehr. Der Tag war sehr lang geworden und er war ausgesprochen aufregend, seine Nerven brauchten deshalb dringend Erholung, und da tat Ablenkung gut. An diesem Abend hätte er nicht sofort einschlafen können. Erst nach 22 Uhr betrat er schließlich endgültig seine Kammer, ließ leise die Tür ins Schloss fallen und legte sich sofort ins Bett, wo er in wenigen Minuten in einen tiefen, traumlosen Schlaf versank. Der aufregende Tag hatte unerbittlich seinen Tribut gefordert, ob er dies zugab oder nicht; er war schließlich auch nicht mehr der Jüngste.

Gleich am nächsten Morgen bat er den Bauern erneut: „Kannst du mir doch bitte heute um 15 Uhr für etwa 3 Stunden freigeben. Ich muss noch einmal dringend nach Zell. Zur restlichen Arbeit am Abend bin ich wieder zurück und kümmere mich um alles." „Was hesch denn allewiel so wichtigs in Zell zmoche?" Wollte der Bauer verwundert wissen. „S'got um e Geldangelegenheit bi d' Sparkass', un des got halt nur, solong di uffhet", erwiderte der Knecht. Mehr wollte er nicht sagen, und der Bauer wunderte sich noch mehr. „Was soll denn der Dummkopf mit der Sparkasse zu tun haben, hat der so viel Geld gespart oder hat er welches geerbt?, dachte er mit gerunzelter Stirn. Weiter wollte er aber nicht bohren und willigte in den Wunsch ein. „Dass'mer aber bis um siebini widder do bisch." (Dass du mir aber bis um 19 Uhr wieder zurück bist), fügte er sehr bestimmt hinzu.

Nachdem Isidor spätnachmittags mit den Pferden vom Feld zurück war, wusch er sich am Brunnen wieder die Hände und das Gesicht, zog eine saubere Jacke an, schnürte seine gut gefüllte Gürteltasche um den Bauch und radelte schnurstracks nach Zell. Den Ablauf dort kannte er inzwischen schon, und wie gehabt, schob er dem Angestellten der Sparkasse die Summe von 45'000 Mark über den Tresen, die ihm dieser ins Sparbuch eintrug. Den übrigen Teil der gewonnenen Summe behielt er zurück. Das sollte der Spieleinsatz am nächsten oder den folgenden Sonntagen sein. Der Bankangestellte wunderte sich, wo der einfache Bauernknecht plötzlich so viel Geld herhatte und bohrte nach. Da Isidor wusste und darauf vertrauen durfte, dass in der Bank Schweigepflicht besteht, verriet er dem Mann, woher es kommt. „Ich war gestern in der Spielbank in Baden-Baden und dort spiele ich mit einem hundertprozentigen System. Das brachte mir hohe Gewinne ein. Nun will ich das Geld für mein Alter sparen und mich, wenn ich sechzig geworden bin, zur Ruhe setzen. Da ich kaum eine Rente erwarten kann und nicht vom Bauer abhängig sein will, soll das meine Altersversorgung werden, und ich hoffe, es kommen noch ein paar Mark mehr dazu."

Insgeheim war er über sich selber erstaunt, wie viel er geredet hatte und wie leicht ihm das über die Lippen gekommen war Sehr zufrieden verließ er mit dem aktualisierten Sparbuch die Bank und radelte nach Hause. Pünktlich erreichte er den Hof, zog noch einmal die Arbeitsklamotten an und schlüpfte in die Stiefel. Das Sparbuch hatte er zuvor sicher in der Truhe verwahrt. Nun nahm nochmals die Arbeit im Stall auf. „Donnerwetter, das ging heute glatt über die Bühne und leicht durch meine Hände." Er konnte sein Glück kaum fassen und es schien ihm geradezu Flügel verliehen zu haben. In einer Stunde war in den Ställen alles Nötige erledigt. Hinterher trieb es ihn noch ins Dorf, wo er einen Schoppen nehmen wollte, und er hoffte dabei auf einen guten Platz am Stammtisch. Montagabend oder an einem normalen Werktag war im Gasthaus „Kreuz" allerdings nie allzu viel los. „Da müsste ich Glück haben, da wird bestimmt nichts schiefgehen", kalkulierte er. Und tatsächlich fand er einen freien Platz, bestellte ein Bier und dazu einen Schnaps, trank das Bier in einem Zug aus, nachdem die Bedienung es ihm hingestellt hatte und den Schnaps kippte er gleich hinterher. Wer den Knecht kannte, konnte nicht übersehen, wie euphorisch er wirkte. Sofort bestellte er das gleiche nochmal und unterhielt sich ein wenig leutseliger als sonst mit den anderen. Nach einer Weile bestellte er auch noch ein Essen. „Ich meine immer nur Speck, Schwarzwurst und Leberwurst oder Schwartenmagen ist recht und gut, auf Dauer ist es aber ein wenig einseitig. Jetzt, da ich Geld in der Tasche habe, darf ich mir ruhig zur Feier des Tages etwas Feines gönnen", sagte er fast entschuldigend zur Mechthild, der etwas bejahrten Bedienung. Diesmal hatte er Sauerbraten gewählt und war am Ende mit dem Essen sehr zufrieden. „Da muss man dem Koch lassen, ein feines Essen bekommt er hin, des het mr saugued gschmeckt", sagte er anerkennend zur Bedienung. Bei der Bezahlung gab er ihr zusätzlich fünf Mark als Trinkgeld, und die meinte, sie könne ihren Augen nicht trauen. Doch es war kein Traum. Zufrieden mit sich und der Welt verließ Isidor das Lokal, radelte ins Untertal und trat mit hörbaren Schritten auf dem Dielenboden in seine Kammer. „Alle sollen ruhig mitbekommen, der Isidor ist da. Der neue Tag kann kommen und erst recht das nächste Wochenende." Schon träumte er vom Sonntag.

10

Ein unvorhergesehenes Malheur

In dieser Woche war „Fronleichnam", das ist in der katholischen Bevölkerung allgemein ein hoher Feiertag. Schon in der Frühe hatte Isidor mit der Magd Kreszentia das Vieh versorgt, die Kühe gemolken und alle Schweine gefüttert. Die Pferde hatten genug Hafer und Heu im Trog. Dann zogen sie den Sonntagsstaat an und marschierten zu Fuß ins Dorf hinauf.

Um 9 Uhr begann vor der Kirche St. Ulrich die Prozession mit über hundert Gläubigen und die Straße war gesäumt von vielen Zuschauern, die murmelnd mitbeteten. Wer immer konnte, war auf den Beinen. Die Musik zog vorneweg und die Menge marschierte erst zum Rathaus, dann das Tal aufwärts. Die Straße war bis zum „Schrofen" mit aufwendigen Blumendekors geschmückt und an den Fenstern wehten kleine Fähnchen in den gelb-weißen Farben der Kirche. Schon morgens schien die Sonne angenehm warm ins Tal und gab dem Ganzen ein farbiges Gepräge. Wichtige Bürger aus dem Dorf trugen den „Himmel", und darunter marschierte der Pfarrer, die goldene Monstranz vor sich tragend.

Links und rechts der Straße hatten Anwohner aus dem Kreis wichtiger Bürger, kleine Altäre errichtet und vor jedem hielt der Zug kurz an, es wurden ein „Vaterunser" gebetet, neben anderen liturgischen Ritualen. Mitten im Prozessionszug sah man auch Isidor mitmarschieren. Das gehörte im Dorf und Tal wie das Amen einfach dazu. Die Prozession dauert bis etwa 11 Uhr, dann löste sie sich auf und alles ging langsam auseinander. Die Männer strebten zielstrebig der Dorfmitte zu und wohin wohl? Natürlich, wie nach jedem Kirchgang, in eine der Wirtschaften im Ort, wo bald kein freier Platz mehr vorhanden war. Fröhlich wurde Wiedersehen gefeiert, kumpelhaft klopften sich entfernt lebende Nachbarn auf die Schultern, Scherze und Witze machten die Runde. Es war nicht zu übersehen, jedermann freute sich und genoss den besonderen und arbeitsfreien Tag.

Auf dem Rückweg kehrte auch Isidor im Stammlokal, dem Gasthaus „Kreuz" ein. Betont freundlich wurde er beim Eintritt in die Gaststube begrüßt. „Wie kommt das denn?", überlegte er sich kurz, machte sich dann aber weiter keine weiteren Gedanken mehr über dieses Wunder. Der Stammtisch war schon rundumbesetzt, alle rückten aber ein wenig zusammen und so fand er noch Platz in einer Lücke dazwischen. Leutselig bestellte er sich Bier und einen Schnaps, dann später ein Mittagessen. Heute wählte er Schäufele mit Kartoffelsalat, was es selten beim Bauern gab, und dieses Gericht passte ganz gut zu einem kirchlichen Hochfeiertag. Nach einem Obstler zum Abschluss verließ er das Wirtshaus und begab sich gemächlich gehend heim. In der Kammer legte er sich eine Stunde nieder und machte ein Mittagsschläfchen. So etwas kam sonst höchst selten vor. Es bekam auch niemand mit und keiner störte sich daran. Davon abgesehen, war er schließlich seit dem frühen Morgen schon viele Stunden auf den Beinen und hatte die Ruhepause verdient.

Den Nachmittag über hatte er noch frei und das wollte er nützen. Gegen 15 Uhr brach er auf und ging den Weg im „Hutmacherdobel" hinauf zum Mühlstein. Sein Sinn war im Gasthof „Vogt auf Mühlstein" einzukehren. Die traditionsreiche alte Gaststube in der heimeligen und etwas verrauchten Wirtschaft hat ihm immer schon überaus gut gefallen und sie machte einen ungewohnt starken Eindruck auf ihn. Warum, konnte er sich nicht erklären. War es das Alter des Hauses, die besondere Atmosphäre oder was auch immer? Eine Seelenverwandtschaft war es sicher nicht.

Schon Heinrich Hansjakob berichtete im 19., Anfang des 20. Jahrhunderts über dieses Haus. Bei Hansjakob handelte es sich um einen progressiven Pfarrer, der nicht weit entfernt in Haslach im Kinzigtal wirkte, wohin er nach Stationen in Freiburg und Hagnau am Bodensee strafversetzt worden war. „Rebell im Priesterrock", so hat man ihn genannt, und das war durchaus ambivalent gemeint. Die einen liebten und verehrten den mit etwa 2 Meter Körpergröße hünenhaft wirkenden Pfarrer, die anderen hassten ihn leidenschaftlich. Als Abgeordneter saß er lange im Badischen Landtag in Karlsruhe. Nachdem er gegen die Obrigkeit opponiert hatte, wurde er mehrfach verhaftet und war zeitweise sogar in der Festung in Rastatt arrestiert. Genauso vehement wie er die Politik vertrat, nahm er auch die Kirche aufs Korn und prangerte vermeintliche Missstände an, was nicht allen gefiel.

In bemerkenswerter und sehr anschaulicher Weise hat Hansjakob das Brauchtum im Mittleren Schwarzwald skizziert und beschrieben. So manchem kantigen Charakter setzte er ein literarisches Denkmal. Aus den Quellen seines Wirkens wissen wir heute viel darüber, wie die Schwarzwälder einst lebten und dachten. Wir erleben den armen Hütebuben, der bis weit in den Herbst hinein barfuß die Kühe hüten musste und im warmen Kuhmist seine kalten Füße wärmte. Beim Betrachten alter Bauernhöfe zieht unwillkürlich der Geruch von gut geräuchertem Schwarzwälder Speck in die Nase, was das Wasser im Mund zusammenlaufen lässt. Mit über 70 veröffentlichten Büchern zählte der Pfarrer zu den Bestsellerautoren, die Verlage verkauften Millionen Exemplare. Seine im Buch anschaulich geschilderte Geschichte vom „Vogt auf Mühlstein" wird im Dorf jährlich als Theater aufgeführt.

Gerade diesen aufrichtigen stattlichen Mann schätzte Isidor sehr. Wenn er dabei an die arme Tochter vom Vogt dachte, dann kamen ihm fast die Tränen. Solche Gedanken gingen ihm unwillkürlich durch den Kopf, als er so gemächlich der Höhe zustrebte, dem Übergang vom Nordrach- ins Harmersbachtal, und dabei überkam ihn ein wenig stolz auf seine badische Heimat, wo die Wurzeln seiner Schwarzwälder Vorfahren zu finden sind.

Der traditionsreiche Höhengasthof „Vogt auf Mühlstein"

Die niedere und innen vollständig mit Holz getäfelte Gaststube ergriff ihn in eigenartiger Weise. In einer Ecke ließ er sich am freien Tisch nieder. Ihn störte nicht, zu sehen, dass die Stube rappelvoll war und der Lärmpegel der Gespräche entsprechend hochging. Bei der alten Wirtin bestellte er einen Krug Most und einen Vesperteller mit Scheiben der hausgemachten Schwarzwurst, Leberwurst und Schwartenmagen, dazu ein Streifen Riemlespeck (zwei bis drei Zentimeter dicker, naturgewachsener Speck mit mehrlagigen Fettstreifen durchzogen). Das Gericht auf einem Holzteller serviert war üppig und schön garniert mit halbem Ei, Petersilie und sauren Gurken. Dafür war die Gaststube bekannt.

Durch die leicht quietschende Eingangstüre trat der „Flacke-Schorsch" herein, ein Bauer, der hier oben nicht weit entfernt auf der Hochfläche wohnte und einen angesehenen großen Bauernhof bewirtschaftete. Beim Eintritt musste der Mann den Kopf einziehen, denn seine Körperlänge war sicher über 1,90 Meter, und die Türen in den alten Schwarzwälder Bauernhöfen sind niedrig. Viele haben sich da schon am oberen Türbalken eine Beule geholt. Die Tücke bei solchen Eingängen ist, unten gibt es eine Bodenschwelle und dann die niedrige Höhe. Das erforderte eine bewusste Koordination der Schritte. Der Fuß musste angehoben und gleichzeitig der Kopf eingezogen werden – und das klappte nicht immer, vor allem nicht mehr nach einem Krug Most und mehreren Schnäpsen. Die Folgen waren schmerzhaft, und mancher holte sich deshalb einen blutenden Scheitel.

„Jo, Isidor, du bisch au emol do, hesch nix z'schaffe?" (Ja, Isidor, du bist auch einmal hier. Hast du heute keine Arbeit?) „Abr Flacke-Schorsch, hit isch doch Fierdig, un do hon'i au e'paar Stunde frei." (Aber Flacke-Georg, heute ist doch Feiertag und da habe auch ich ein paar Stunden frei). „I'han ghört, du bisch nun under d'riechi Litt, hesch'e Batze Geld gwunne oder wie?" (Ich habe gehört, du gehörst nun zu den reichen Leuten, hast eine Menge Geld gewonnen). „Was du au widder meinsch und weisch, wirsch's scho no rechtzittig erfahre" (Was du auch wieder meinst und weißt, du wirst es schon noch rechtzeitig erfahren), erwiderte Isidor etwas säuerlich, ohne weiter sich auf die Sache einzulassen. Es war ihm peinlich und er wollte sich auf keinen Fall in die Karten sehen lassen. Dafür kannte er seine „Pappenheimer" zu genau und wusste, wie schnell Neid oder Spott aufkommen.

Der Krug Most zeigte bald Wirkung, bis Isidor gegen 18 Uhr die Gaststube verließ und wieder den Weg in Tal suchte. In gut einer halben Stunde betrat er den Hof, zog sich um und kümmerte sich um die Tiere im Stall. Nach etwa einer Stunde war auch das getan und er konnte sich in seine Kammer zurückziehen. Ein langer und ereignisreicher Tag neigte sich dem Ende zu.

Der Feiertag „Fronleichnam" ist immer donnerstags, und so lagen nur noch der Freitag und Samstag als Arbeitstage vor ihm, bevor am Sonntag sein freier Tag kam und er der heimlichen Leidenschaft wieder frönen durfte. Zuvor aber musste noch am Samstagnachmittag das erste Gras auf der Almendwiese gemäht sein. Wegen der großen Fläche machte das der Bauer mit dem Fahr-Schlepper und Mähbalken, Isidor rechte hinterher gemeinsam mit der Magd das gemähte Gras auf einen etwa meterbreiten Streifen, damit es anschließend auf den Anhänger geladen werden konnte.

Bei der Arbeit brach Isidor plötzlich in ein in der Wiese verdecktes Loch ein. Möglicherweise hatten Wühlmäuse die Stelle untergraben oder was auch immer. Ein stechender Schmerz durchzog seinen Fuß, und er stürzte längelang zu Boden. Der Bauer kam sofort gerannt, Isidor hatte sich aber schon aufgerappelt, doch gleich wieder ins Gras niedersetzen müssen. Vor Schmerz trat ihm kalter Schweiß auf die Stirn und er meinte ohnmächtig zu werden. Sein Fußgelenk am linken Bein schwoll zusehends dick an. Der Bauer und die Magd halfen ihm aufstehen, doch es war ihm unmöglich den Fuß zu belasten und zu stehen.

Nach einigem hin und her entschloss sich der Bauer die Mäharbeit zu beenden. Die Magd musste eben alleine den Rest des gemähten Grases auf Streifen zusammenrechen, von wo später alles auf den Wagen geladen werden konnte. Derweil hockte

Isidor auf dem Boden und sein Fuß um den Knöchel war schon blau und grün gefärbt. Nachdem alles gemähte Gras auf dem Anhänger aufgeladen war, halfen sie dem Knecht links und rechts gestützt, auf einem Bein zum Schlepper hinzuhumpeln.

Dort auf dem rechten Sitz konnte er Platz nehmen und auf der anderen Seite setzte sich die Magd. Den voll beladenen Anhänger im Schlepp fuhren sie zurück auf den Hof. Wieder musste der Knecht gestützt werden und gemeinsam brachte man ihn in die Küche, während sich der Sohn um die Entladung des Grünfutters kümmerte.

Nachdem die Bäuerin informiert war und wusste, was sich zugetragen hatte, machte sie dem Unglücksraben einen Umschlag mit essigsaurer Tonerde und umwickelte den lädierten Fuß. „Abr Isidor, was hesch au widder gmocht, du Unglücksrabe?" (Isidor, was hast du wieder gemacht, du Unglücksrabe). Der Umschlag tat gut und kühlte. Zu zweit halfen sie ihm dann nach oben in seine Kammer.

Mit dem geschwollenen und schmerzenden Fuß konnte Isidor am nächsten Tag keinesfalls nach Baden-Baden fahren. Das wurde ihm schon am Abend bewusst, und er ärgerte sich bodenlos über sein Missgeschick. Gegen 22 Uhr kam die Bäuerin und wechselte den Verband. Sie stellte ihm zudem einen Krug Most hin und ein Stamperle Schnaps, damit er zwischendurch etwas zum Trinken hatte und zusätzlich ein Gläschen nehmen konnte. Vielleicht half ihm das etwas gegen die Schmerzen. In der Nacht plagten sie ihn trotzdem ungemein und ließen ihn kaum Schlaf finden. Einen Doktor holte man allerdings wegen so einer Lappalie nicht. Da hätte schon etwas gebrochen sein müssen oder noch Schlimmeres. Die Landbevölkerung war in dieser Zeit wenig zimperlich, und die wenigsten Bauern waren krankenversichert, die Knechte und Mägde schon gar nicht.

Missmutig blieb er den Sonntagvormittag über in seiner Kammer und lag im Bett. Nach dem Kirchgang kam die Bäuerin noch einmal, schaute nach ihm und machte einen neuen Verband. Später brachte sie auch ein Essen und einen frisch gefüllten Krug Most. Danach legte er sich wieder hin und den Fuß etwas hoch, an dem er immer noch pulsierende Schmerzen verspürte. Die Magd schaute ebenfalls mal herein und fragte mitfühlend wie es ihm denn so geht. Mit ihrer Hilfe wagte er sich heraus, humpelte die Treppen hinunter in den Hof, und dort setzte sich an der Hauswand auf eine Bank, um wenigstens von dem schönen, frühsommerlichen Tag noch etwas zu haben. Den Fuß hatte er dabei auf einen Schemel und einem Kissen hochgelegt.

Nachmittags suchte der Bauer im Schuppen eine passende Holzstange, sägte sie passend zu, dass sie Isidor bis unter die Achsel reichte. Danach nagelte er an einem Ende ein Stück Rundholz quer daran und umwickelte dieses Stück mit einem dicken Lappen von einer alten Cordhose. Das Provisorium konnte dem Gehbehinderten als Krücke dienen, damit er alleine auf einem Bein herumhumpeln konnte. So würde er sich die nächsten Tage einigermaßen bewegen können.

Die folgende Woche musste Isidor sein Bein schonen, und schon sah der Bauer nach Tagen immer wieder mit gerunzelter Stirn nach ihm. Seine Arbeit musste schließlich von ihm, dem Sohn oder den Mägden und der Bäuerin übernommen werden, und die hatten auch so schon genug um die Ohren, jetzt mitten in der Saison. Da wurde jede Hand gebraucht. Die Arbeitskraft des Knechtes fehlte spürbar an allen Ecken und Enden, und das ließ man Isidor subtil merken, wie wenn er an seinem Unglück auch noch selber schuld gewesen wäre; oder doch? „Er hätte ja besser aufpassen können", mag da der Bauer mitleidslos gedacht haben.

Es wurde wieder Sonntag und Isidor konnte sich immer noch nicht ohne die primitive Gehhilfe vorwärts bewegen. Die Woche über hatte ihm die Bäuerin immer wieder neue Umschläge mit essigsaurer Tonerde aufgelegt, und die Schmerzen ließen leidlich langsam nach, die Schwellung ging zurück und die Blaufärbung löste sich von Tag zu Tag etwas mehr auf und ging ins rötliche. Jetzt umwickelte ihm die Bäuerin den Fuß mit einer dicken elastischen Binde, und so konnte der Knecht am Mittwoch zumindest halbwegs seine Arbeit wieder aufnehmen; vorerst nur auf den Hof begrenzt. Im Stall kümmerte er sich um die Schweine, Kühe und versorgte die Pferde. Das konnte er alles mittels der Krücke tun, die er zur Schonung weiterhin einsetzte, und langsam konnte er den Fuß wieder besser belasten, wobei er immer noch das Hauptgewicht auf den anderen, den gesunden Fuß legte. Humpelnd bewegte er sich noch tagelang so vorwärts, und wenn er länger auf den Beinen sein musste, nahm er vorsichtshalber lieber die provisorische Krücke zu Hilfe. Von der Bäuerin bekam er immer noch die Umschläge, abwechselnd mit essigsaurer Tonerde und Schmalzwickel. Nach getaner Arbeit und abends im Bett verspürte er trotz allem heftige Schmerzen.

Nach Baden-Baden zu fahren, das hatte er sich nicht getraut. Dafür erschien ihm der Weg zu weit, und er sah im umständlichen Umsteigen bei der Bahn ein entscheidendes Hindernis. Besonders in Offenburg und Baden-Oos gab es zu den Bahnsteigen viele Treppen, und die mit der primitiven Krücke laufen, das wollte er nun doch nicht. Sich stattdessen den weiten Weg mit dem Taxi fahren zu lassen, das kam ihm zu diesem Zeitpunkt noch nicht in den Sinn. Doch mit jedem Tag sehnte er sich mehr nach seinem Vergnügen und konnte es schon fast nicht mehr aushalten und erwarten. Seine Gedanken kreisten tagsüber immer wieder und immerzu nur noch um das eine und es kribbelte ihm mächtig in den Fingern. Oft träumte er sogar noch des Nachts von der rollenden, holpernden Kugel im Kessel und wurde davon dann schweißgebadet wach.

11

Eine unerwartete Geste

Nach dieser mehrwöchigen Zwangspause war es endlich so weit. Nun war es ihm wieder möglich und er traute sich die Bahnfahrt zu. Jetzt drängte es ihn vehement in die Spielbank. Den Fuß konnte er inzwischen einigermaßen belasten, doch mit dem Fahrrad wollte er nicht fahren, warum sollte er auch? Die vorhandenen Barmittel erlaubten es ihm lässig sich fahren zu lassen. Diese Möglichkeit war ihm erst während der Woche als Lösung eingefallen.

Ohne gesehen zu werden, verließ er den Hof und ging bis zur Bushaltestelle im Ortsteil Lindach. Mit dem Bus kam er nach Zell, ging dort zum Taxistand, fand einen Fahrer, der ihn ohne Umstände direkt nach Baden-Baden bis vors Casino fuhr. Das kostete ihn wohl einen Hunderter, war es ihm aber wert. Bei dieser Lösung konnte er seinen Fuß noch weitgehend schonen.

Etwas aufgeregter als sonst betrat er nach der langen, aufgezwungenen Abstinenz den Spielsaal und suchte einen Platz am Roulette-Tisch. Die Mannschaft begrüßte den Stammgast betont freundlich, und ihm fielen gleich mehrere bekannte Gesichter auf. Der Fabrikant aus dem Schwäbischen war nicht da, jedoch die kleine rundliche Dame, die vor Wochen an seiner Seite saß und sich an dem damals so erfolgreichen Gemeinschafts-Einsatz beteiligt hatte.

Sie winkte ihm lächelnd zu sich und er ließ sich an dem freien Platz an ihrer Seite nieder. „Wie läuft es denn so?", wollte er neugierig wissen. „Nicht so gut für mich, bisher habe ich nur verloren. Es werden bestimmt schon einige Hunderter sein, aber jetzt, das sie da sind, ändert sich das bestimmt." In bekannter Manier platzierte Isidor sein Notizbuch auf dem Tisch und legte den Füllhalter daneben, schaute interessiert in die Runde, und dann setzte er bei einem der nächsten Spiele vorsichtig seinen ersten Einsatz.

Anfangs war ihm heute das Glück weniger hold. „Ist die lange Zeit der Abwesenheit Schuld oder hat sich etwas verändert. Sind möglicherweise neue Geräte im Spiel?" Keine Antwort auf seine stillen Fragen. Zwei Stunden später war das reservierte Geld, das waren immerhin rund 3000 Mark, schon weitgehend komplett verspielt. Nun wurde es dringend Zeit für eine Pause. Zuerst löste er einen 50-Mark-Jeton in Bargeld um, wechselte ins Restaurant, wo er ein Mittagessen einnehmen wollte. Dieses Mal bestellte er feine Rinderroulade mit breiten Nudeln, Gemüse und Salat und hinterher ein delikates Dessert. Das war ein Gericht, das er nicht sehr oft vorgesetzt bekam. Nur, heute aß er etwas schneller, zu schnell eigentlich, wie es für ein so gutes Menü angemessen gewesen wäre. Zu groß war seine innere Unruhe und Anspannung, und geradezu magisch zog es ihn wieder hin an den Spieltisch.

Seine Spielnachbarin setzte häufig auf die gleichen Zahlen oder die Zahlenkombinationen wie er. Vielleicht hoffte sie auf diese Weise wieder auf etwas mehr Glück, wie das bei der früheren Begegnung schon der Fall war. Sie hatten nun mehr oder weniger Erfolg, und da seine Nachbarin höhere Summen riskierte, durfte sie doch am Ende auf einen ansehnlichen Gewinn blicken und bedankte sich bei Isidor überschwänglich. „Ich heiße Eleonora", verriet sie ihm mit glühenden Wangen, und spendierte großzügig ein Glas Champagner. „Du hast mir heute ungewohntes Glück gebracht. Dafür hast du etwas gut."

Bis er kurz vor 17 Uhr mit dem Spiel aufhörte und den Platz am Tisch verließ, hatte ihm die Frau fast ein Ohr weggequatscht. Mehr oder weniger geduldig hatte er das in Kauf genommen, im Grunde wäre ihm aber ein Spiel ohne große Konversation lieber gewesen. Stattdessen wollte er sich mehr auf seine Aufzeichnungen konzentrieren und seinem System treu bleiben. Dazu brauchte es seine volle Aufmerksamkeit, und nur vom vielen Reden hatte er nichts.

Offensichtlich war die Frau einsam und froh, hier einen Gesprächspartner oder ein Opfer gefunden zu haben. Nur mit Mühe konnte Isidor währenddessen seine Notizen machen und die notwendigen Vergleiche für seinen Spieleinsatz anstellen. Sein anfänglich sattes Minus hatte sich inzwischen deutlich reduziert, das Kapital war wieder auf 2000 Mark angewachsen. Dazu schenkte ihm Eleonora beim Abschied zum Dank für seine Einsatzhilfe noch fünf 100er-Jetons. Damit ging er zur Kasse und tauschte alles ein. Anschließend machte er sich beschwingt auf den Heimweg, wo er um 19.30 Uhr ankam und den Hof betrat.

An diesem Abend hatte er für einen Einkehrschwung in der Wirtschaft keine Lust mehr. Erstens war er sehr müde und zweitens schmerzte ihm der Fuß wieder heftig und er wollte sein Bein nun bewusst schonen. Ihm war wohl klar, dass vom anderen Tag an wieder eine arbeitsreiche Woche anstehen würde.

In der folgenden Woche brauchte er am Montag diesmal keine Freistunden oder Urlaub. Das ihm verbliebene Geld verwahrte er neben dem Sparbuch in seiner massiven alten Truhe. Dafür verging die Woche wieder gefühlt rasend schnell. Tag für Tag musste er früh raus und kam spät abends ins Bett. Da blieb nicht viel Zeit zum Sinnieren und Nachdenken. „Die Zeit vergeht immer viel schneller, wenn man unterbrochen beschäftigt ist", das wusste auch Isidor längst aus Erfahrung. „M'kennt fascht verzwatzle, wenn Zit nit rumgeht. So isch's mr abr viel lieber" (Man könnte verzweifeln, wenn die Zeit nicht vergeht. So ist es mir aber viel lieber).

Wieder war es Sonntag geworden, und, wie gewohnt, saß der Nordracher um 11 Uhr am Spieltisch im Casino. Zu seinem Bedauern war auch dieses Mal der Fabrikant aus Waiblingen nicht anwesend und der kam an diesem Tag auch nicht mehr. Irgendwie vermisste er den Mann, möglicherweise deshalb, weil er in ihm insgeheim seinen Glücksbringer sah. Doch kaum saß er eine halbe Stunde, kam die gutsituierte Dame mit der Nerzstola herangeschwebt. Da die Stühle links und rechts neben Isidor besetzt waren, bat die Frau einen der dort sitzenden Männer doch mit ihr tauschen zu wollen. Der Mann im mittleren Alter erwies sich als Kavalier, erfüllte großzügig ihren Wunsch und wechselte auf einen anderen Platz. So hatte Isidor wieder seine gewohnte Partnerin an der Seite. „Hoffentlich redet sie nicht wieder so viel", hoffte er insgeheim.

Es war noch nicht einmal 13 Uhr, da hatte sein Geld vollständig verspielt. Nur noch zwei Jetons von je 50 Mark waren ihm verblieben. An diesem Tag wollten einfach die von ihm berechneten und gesetzten Zahlen nicht fallen. Etwas ratlos löste er einen Jeton in Bargeld, verließ den Saal und suchte einen Platz im Restaurant. Wenn ihm das Glück schon fehlte, wollte er sich zumindest etwas Gutes essen. Wie sagt es ein landläufig gängiger Spruch? „Essen und Trinken hält Leib und Seele zusammen." Da ist was Wahres dran.

Seine Nachbarin hatte mitbekommen, wie Isidors Einsätze immer sparsamer wurden. Sie kam ebenfalls ins Restaurant und setzte sich ungefragt neben ihn. „Warum spielst du heute so zögerlich?", wollte sie wissen. „Mein Bargeld ist aufgebraucht, heute will es einfach nicht klappen, und ich kann erst in der kommenden Woche Geld von meinem Konto holen", versuchte er ihr zu erklären. „Das ist doch kein Problem, ich leihe dir Geld, ich habe genug. Wie viel brauchst du denn?" Das Angebot überraschte ihn nun doch und er druckste ein wenig herum. „Reichen dir vorerst 10'000 Mark?", warf sie fragend ein, und Isidor fiel fast vom Stuhl. „Ja natürlich, so viel brauche ich eigentlich nicht". „Nur Mut, ich weiß, ich bekomme das Geld von dir wieder zurück, wir kennen uns ja nun schon eine Weile", setzte sie nach.

Die Frau ging an die Kasse und holte sich das Geld, während Isidor die letzten Reste des Mittagessens verdrückte. Gönnerhaft drücke sie ihm die Jetons in die Hand; alles nur 500er. In seiner bekannten Art setzte er einen davon etwas vorsichtiger auf eine „Transversale", das sind drei Zahlen – und auch Eleonora setzt auf den gleichen Platz. Gespannt verfolgten sie die leicht hüpfende Kugel im rotierenden Kessel und es fiel die Zahl 24, die mit einer der gesetzten drei Zahlen übereinstimmte. Der 11-fache Gewinn plus Einsatz konnte sich sehen lassen und der Puls stieg bei Isidor gleich höher. Dann folgten zwei oder drei Spiele, wo beide kein Glück hatten und nichts gewannen.

Nun war Isidor aber sicher, dass nach dem Gesetz der Serie wieder eine Gewinnzahl fallen musste und er setzte zwei Jetons auf ein Carré mit vier Zahlen. Die 30 war dabei und der Croupier schob ihm achtzehn 500er Jetons zu. Das war der 8-fache Gewinn plus sein Einsatz. „So kann es ruhig weitergehen", sagte er nach rechts zur Nachbarin, die statt zwei sogar vier 500er Jetons gesetzt hatte und somit den doppelt so hohen Gewinn einstreichen durfte, den sie mit zitternden Fingern vor sich aufstapelte.

Mehrere Gewinntreffer folgten nach zwischendurch einigen glücklosen Runden. Bis es nun wieder Zeit wurde, wo er an den Heimweg denken musste, hatte Isidor Jetons im Gesamtwert von über 50'000 Mark angesammelt. Die geliehenen 10'000 Mark gab er seiner Gönnerin sogleich zurück, und er bedankte sich noch einmal überschwänglich für die unerwartete und großzügige Hilfe, womit ihm dieses Glück erst möglich wurde. „Der Dank liegt bei mir, erwiderte sie. „Dank deiner guten Nase habe ich heute auch einen außergewöhnlich guten Schnitt gemacht. Das hat sich für mich noch mehr gelohnt wie für dich."

Wieder auf dem Hof lief ihm der Bauer über den Weg. „Isidor, du bisch abr jo wie'e Fürscht anzoge, wo warsch widder?" (Du bist wie ein Fürst angezogen, wo warst du?). Der Angesprochene druckste herum, „i'war in Baden-Baden", antwortete er, „und morge nochmidag bruch'i nomol 3 Stunde frei, i'han in Zell widder ebbis z'erledige!" (Morgen Nachmittag brauche ich noch einmal 3 Stunden frei, ich habe in Zell wieder etwas zu erledigen).

Der Bauer gab ihm murrend frei, erwähnte aber: „Dass dies nun nicht zur Gewohnheit wird, hörst du? Wir sind schließlich mitten im Sommer und in der arbeitsintensivsten Zeit, da wird jede Hand gebraucht. Mein Sohn und ich können nicht alles alleine machen." „Schon gut, ich bin am Abend ja wieder zurück und kümmere mich um meinen Teil, keine Sorge", gab der Knecht etwas angekratzt zurück. Hinterher dachte er noch: „Von Urlaub und arbeitsfreien Tagen scheint mein Bauer noch nie was gehört zu haben. Da muss ich einmal ernsthaft nachhaken."

Wie vor Wochen fuhr der Knecht am Montagnachmittag mit dem Bus nach Zell, ließ eine hübsche Summe ins Sparbuch eintragen und bestellte für den Heimweg ein Taxi, das ihn in wenigen Minuten wieder nach Nordrach brachte. Sogar vor 18 Uhr war er an diesem Tag zurück und konnte sich so rechtzeitig in die restlichen Hofarbeiten des Tages einklinken.

Unterwegs hatte er sich schon seine Gedanken gemacht, wie er das mit der Bank ändern könnte. Natürlich geht das nicht, dass er jeden Montag nach Zell fahren muss, dort Geld hinbringt und einbezahlt, oder dass er auf der anderen Seite einmal beim Spiel nicht genügend Geld dabei hat, nicht flüssig ist, nicht auf seine Reserven zurückgreifen kann. „Ich kann nicht immer damit rechnen, dass mir eine gute Fee Geld borgt, wenn es fehlen sollte, damit ich weiterspielen kann. Da wird mir etwas einfallen müssen", überlegte er sich.

Während der Arbeit an den folgenden Tagen musste er sich auf andere Dinge konzentrieren und wurde vollständig abgelenkt. Dann lagen noch Reparaturen an den Gerätschaften an, die dringend gemacht werden mussten. Einige Pflugscharen und drei Sensen dengeln (schärfen) gehörte auch dazu, am Schlepper war ein Ölwechsel fällig, und diverse weitere Erledigungen gab es ebenfalls noch zu tun. Gemeinsam mit dem Bauern und seinem Sohn wurden sämtliche Arbeiten erledigt, und bis alles abgeschlossen war, dunkelte es in der Regel bereits.

Nach einem langen Arbeitstag knurrte dem Knecht immer der Magen. Der Hunger plagte ihn und so setzte er sich mit den anderen, auch den Mägden, in der Küche an den Tisch. Die Bäuerin hatte diesmal „Dummis" (beim Backen zerkleinerter Pfannkuchen) zubereitet, dazu gab es eingemachte Pflaumen. Das war einmal etwas anderes und es schmeckte Isidor vorzüglich. Erfrischend war es zudem und gerade recht an so einem lauen Sommerabend. Natürlich musste hinterher noch ein Schnaps als „Verdauerli" her. Der Bauer hatte dafür extra eine Flasche Zibärtle aus dem Keller geholt. Das ist einer der edleren Schnäpse, den es nur in der mittelbadischen Region gibt und aus wilden Heckenpflaumen destilliert wird. Unter Kennern handelt es sich um eine echte Rarität, um einen äußerst aromatischen Brand. Für den Genießer ist er ein wahres Gedicht und läuft wie Öl herunter. Die Geste an diesem Tag zeigte dem Gesinde am Tisch, heute war der Bauer mit seiner Mannschaft vollauf zufrieden. Sie haben es wohl bemerkt, denn so oft kam das nicht vor, obwohl der Heinerbur zu der angenehmeren Sorte seines Standes gehörte.

12

Ein Gerücht macht die Runde

Beim nächsten Besuch in der Spielbank führte Isidor 5000 Mark Bargeld mit sich, und gleich bei der Anmeldung wollte er wissen: „Ist es möglich, dass ich hier Geld deponieren oder anlegen kann. Wenn nicht, hat eine Bank in Baden-Baden an den Sonntagen geöffnet, wo ich Geld abheben kann?" „Wir können Ihnen Geld zu den banküblichen Zinsen im Haus anlegen. Eröffnen Sie bei uns ein Konto und sie können dann jederzeit auf Guthaben zurückgreifen." „Das wäre die ideale Lösung für mich", sagte er laut und nahm sich vor, wenn er heute gewinnen sollte oder beim nächsten Mal mehr Geld dabei hat, dann wollte er es hier auf ein Konto einzahlen.

Zufrieden mit dem Gedanken ging er in den hell erleuchteten, freundlich wirkenden Spielsaal und suchte einen Platz am Tisch. Die umgetauschten Jetons hatte ein Saaldiener ihm auf einem Tablett direkt dahin gebracht. Er fand einen günstigen Platz und ließ sich nieder. Heute kam Eleonora erst Stunden später und fast gleichzeitig mit ihr auch der Fabrikant. Beide setzten sich zu ihm an den Tisch und wieder entwickelte sich schnell eine kurzweilige unverbindliche Konversation. Dabei erfuhr Isidor, dass der Fabrikant 14 Tage lang krank gewesen war und danach geschäftlich verreisen musste. Nun war aber alles wieder im Lot, das Trio konnte sich voll ihrer Leidenschaft hingeben. Bis gegen 14 Uhr hatte Isidor zu seinem Leidwesen 1000 Mark verloren, und das machte ihn nun wieder etwas vorsichtiger. „Vielleicht bringt eine kurze Pause die Wende und die Zeit für ein Mittagessen ist auch schon lange überfällig", sagte er zum Nachbarn. Gesagt, getan, er gab den anderen Bescheid, verließ den Saal und suchte einen freien Platz an einem Tisch im Restaurant. Kurz darauf kam auch Eleonora herbei, und hinter ihr her trippelte der Fabrikant. Zu dritt saßen sie nun am Tisch und jeder bestellte sich eines der auf der Speisekarte angebotenen Menüs. Der Nordracher wählte konservativ, heute war das Rumpsteak mit Zwiebeln und Spätzle, Salat und ein Fruchtdessert. Das Gericht schmeckte ihm wie immer vorzüglich, was bei seinem gesunden Appetit niemand wunderte. Der Schwabe gab sich gönnerhaft und spendierte dazu für alle eine Flasche Bordeaux, und zwar den eines älteren Jahrgangs mit exzellentem Bukett. „Der hätte eigentlich an einem gemütlichen Abend am offenen Kamin besser gepasst", bemerkte Eleonora mit romantischer Ader. Der Fabrikant gab ihr recht, „die beste Gelegenheit ist aber immer im Jetzt", meinte er lachend.

Für das weitere Spiel am Nachmittag nahmen sie sich vor, gezielt und systematisch zu spielen, und Isidor wollte sich streng an seine „todsichere Liste" halten. Das Trio setzte meist auf die gleichen Zahlen oder Kombinationen und nach 2 Stunden hatten alle drei tatsächlich einen guten Schnitt gemacht. Für manche war das nicht so spektakulär, aber bei Isidor machten es immerhin 1000 Mark aus und das waren zwei Monatsgehälter eines einfachen Arbeiters. Warum sollte er also unzufrieden sein?

Beim Umtausch der Jetons in echtes Geld ließ er sich ein Konto anlegen und gab 6000 Mark zu Einzahlung. So brauchte er zukünftig nicht mehr so viel Bargeld mit sich tragen, und frei nehmen war auch nicht mehr nötig. Die Fahrten nach Zell für die Einzahlungen seiner Gewinne entfielen zukünftig. Was er dort schon einbezahlt hatte, da sollte eine eiserne Reserve bleiben.

Die folgende Woche war geprägt von viel und schweißtreibender Arbeit. Das Getreide musste eingebracht werden, dabei war es tagsüber brüllend heiß. „S'isch so heiß, dass d'Schnecke belle", wurde landläufig gesagt. Man befand sich kalendarisch mitten in den „Hundstagen". Infolge der anstrengenden Arbeit war der Knecht abends zwar hundemüde und alle Knochen taten ihm weh, aber da die Tage lange hell blieben, wollte er nicht immer schon in seine Kammer gehen und im Bett liegen.

Kurz entschlossen nahm er am Donnerstag sein Fahrrad, radelte ins Dorf und machte im „Kreuz" eine Einkehr. „Servus Isidor, kummsch au widder emol, wo bisch so long gsi, warsch widder in der Spielbonk? Mir hän ghört, du gwinnsch do jo saumäßig, du hesch sogar mol d'Bonk sprengt." (Guten Tag Isidor, kommst du auch wieder einmal hier her, wo warst du so lange, vielleicht wieder in der Spielbank? Wir haben gehört, du gewinnst da ja eine Menge. Du hast sogar einmal die Bank gesprengt). Er überlegte kurz, „hat man mich gesehen oder wie kommen die Leute darauf? Wurde ich vielleicht gar verraten? Aber, egal, es kann meiner Reputation im Dorf nur guttun", tröstete er sich.

„Ja, ja, lästert ihr nur. Ihr werdet euch noch einmal wundern. Ich gehe in die Spielbank und bisher war es nicht vergeblich. So viel Geld wie ich habe, habt ihr noch nicht einmal auf einem Haufen gesehen", nuschelte er etwas aufmüpfig und großspurig. „Hano, hesch' des ghert" (Nanu, hast du das gehört), ließ der Maier-Schorsch sich mit tiefer Stimme vernehmen und schlug sich lachend auf die Schenkel. Das Gespräch am Stammtisch drehte sich eine Weile nur um das eine Thema. Jeder hatte Fragen und wollte wissen, wie es da in Baden-Baden in der Spielbank vor sich geht. Von mehreren Seiten bekam er ein Bier spendiert, zwei oder drei Schnäpse hatte er auch schon getrunken und wurde somit immer leutseliger. Das lockerte seine Zunge und leichtsinnig verriet Isidor mehr, wie er wirklich preisgeben wollte. Und ein grober

Fehler war, er plapperte einmal von einem „todsicheres System", wonach er spiele und was das Geheimnis für die satten Gewinnsummen sei.

Schon wiederholt musste er zur Toilette gehen, die größere Biermenge wollte schließlich wieder raus. Dabei schlich der Spitzer-Heiner einmal hinter ihm her. „He, Isidor, könnte man sich vielleicht einmal bei dir beteiligen, bei deinem todsicheren System, he? Selber komme ich nie nach Baden-Baden und ich traue mich auch nicht. Da hätte ich mächtigen Ärger mit meiner Alten (seiner Frau). Ich besitze genug Geld und ich würde gerne einsteigen." „Ich will es mir überlegen" gab Isidor kurz angebunden zur Antwort, und das klang so, dass sich der Heiner durchaus Hoffnung machen durfte.

Am Sonntag war „Kilwi" in Nordrach, das traditionelle Kirchweihfest zu Ehren St. Ulrichs, dem Namenspatron der katholischen Kirche im Dorf. Da trafen sich regelmäßig fast alle Bewohner aus dem Tal. Alles was irgendwie nur leidlich laufen konnte, und besonders die Knechte und Mägde, nützten das Fest, wollten richtig feiern, was hier gleichbedeutend war mit viel trinken. Dafür bekamen sie nach gutem altem Brauch extra ein Taschengeld oder „Trinkgeld", wie es im Dorf heißt, vom Bauern. Bei solch einem Fest und dem damit verbundenen Trubel, da durfte Isidor natürlich auch nicht fehlen, und so verzichtete er an diesem Tag wohl oder übel auf die sonntägliche Fahrt nach Baden-Baden.

Das Gespräch am Donnerstagabend in der Wirtschaft hatte im Dorf inzwischen wie ein Lauffeuer die Runde gemacht. Niemand sprach den Knecht vom Heinerbur offen an, aber wenn er alleine war, kamen dieser und jener heimlich angeschlichen und stellte an Isidor in etwa die gleiche Frage, wie sie der Spitzer-Heiner ihm schon ins Ohr geflüstert hatte.

Bisher war er eine positive oder negative Antwort schuldig geblieben. Noch wusste er nicht so recht was er von der Sache halten sollte. Alle heimlichen Anfragen hatte er bisher ausweichend beantwortet. Sie beschäftigten ihn aber, und ein wenig fühlte er sich auch „gebauchpinselt". Die Bauern, die Honoratioren von Nordrach wollten etwas von ihm, von ihm, dem einfachen Bauernknecht, den bisher alle nur für einen Trottel gehalten haben. Wenn er im Gasthaus „Kreuz" einkehrte, und zwischendurch saß er gelegentlich auch im Gasthaus „Stube" am Stammtisch, dann bekam er immer wieder ein Bier spendiert. Solche Gesten kannte er von früher überhaupt nicht. Bisher war man ihm weniger gut gesonnen oder sie ignorierten ihn einfach, den unbedarften Knecht. Jetzt genoss er durchaus die neue Situation, und so kam, an diesem Sonntagabend musste er das Fahrrad nach Hause schieben. Bei der genossenen Alkoholmenge auf Kosten anderer konnte er nicht mehr fahren, und war froh, dass er sich an seinem Rad stützen und festhalten konnte.

Ohne die Kleider abzulegen, fiel er wie ein Stein aufs Bett, und mit einem dicken Kopf – einem schweren Kater – wachte er morgens auf. Getreu dem Grundsatz: „Wer saufen kann, der kann auch arbeiten", zog er sich um, ging gleich in den Stall und kümmerte sich um die Tiere. Dort begegnete ihm in der Regel weder der Bauer noch eine Magd und er hatte genug mit der Arbeit zu tun, was ein wenig von seinen Kopfschmerzen ablenkte. Hier war er zudem sicher, es würde ihn um diese Zeit niemand ansprechen. So konnte er seinen Brummschädel pflegen und bis zum 9-Uhr-Vesper ging es ihm schon wieder einigermaßen besser.

Der Bauer war an diesem Morgen recht sonderlich, brummig und kurz angebunden. Hatte er vielleicht auch einen Kater? Mit knappen Worten gab er seine Anweisungen für die Arbeiten am Tag. Vielleicht ging es ihm ebenfalls nicht besser, denn der Bauer fehlte selbstverständlich nicht bei seinesgleichen auf der „Kilwi". Wenn am Stammtisch heiß diskutiert und politisiert wurde, dann gehörten immer einige Schnäpse unverzichtbar dazu. Hierbei zeigte sich dann erst, wer beim Trinken das richtige Stehvermögen besaß.

Auf dem Hof wartete in dieser Woche viel Arbeit. Eigentlich hätten sie überall gleichzeitig sein sollen. Die Öhmd, der zweite Heuschnitt, musste eingebracht, das restliche Getreide auf den Feldern geschnitten und hinterher gedroschen werden. Dann galt es, in den Weihnachtsbaumkulturen dem Unkraut Herr zu werden. Abends blieb kein Spielraum mehr noch in eine Wirtschaft (Gaststätte) zu gehen. Sie waren alle zu müde, und man hatte tagsüber immer genügend Most dabei, egal wo gerade gearbeitet wurde und das reichte für einen satten Alkoholpegel auch aus.

Zur Arbeit auf den Feldern und bei allen Tätigkeiten außerhalb des Bauernhofes wurde Most in einer 5-Liter-Gutter mitgenommen und, wenn möglich in der Nähe in einem Gewässer – einem kleinen Bach oder Rinnsal – kühl gestellt. Gerne wurde Most beim Trinken mit Wasser verdünnt und war so bekömmlicher. Der selbst hergestellte Most hatte nicht selten ein Alkoholgehalt um die 10 Prozent, da war es ratsam vorsichtig bei der getrunkenen Menge zu sein. Zwei oder drei Liter gingen schnell mächtig in die Beine.

In jenen Tagen wurde in den Tälern und auf den Höfen so gut wie in jedem Haushalt weniger Bier oder Wein getrunken, dafür allgemein und überall Most vom Fass im Keller. Jedermann, auch die Frauen, nebst mitarbeitenden Kinder tranken davon. Böse Zungen behaupteten hin und wieder, dass man schon den Kleinkindern Most im Schoppenglas geben würde. Deshalb gäbe es im Schwarzwald so viele „Dubel" (etwas eingeschränkte Menschen), spotteten boshafte Zeitgenossen. Denen ist nicht bewusst, wie erfindungsreich und pfiffig der Schwarzwälder an sich ist, und dass er sich schon mit einfachsten Mitteln und mit minimalstem Aufwand immer zu helfen wusste, ja sogar schwierigsten Verhältnissen erfolgreich trotzte.

Viele bahnbrechende Entdeckungen kommen aus dem Schwarzwald oder wurden hier perfektioniert. Erinnert sei nur an die Schwarzwälder Uhr, die schon seit dem 17. Jahrhundert hergestellt wird, und einst bis nach Russland oder Amerika gebracht und verkauft wurde. Das Skifahren hatte ebenfalls im Schwarzwald begonnen oder nehmen wir die Glasherstellung. Die Salpeterer übten lange Zeit einen geachteten Beruf aus, und der in den Ställen von Wänden und Böden gekratzte Salpeter diente zur Schwarzpulverherstellung. Der Unterharmersbacher Ignaz Blasius Bruder entwickelte autodidaktisch die Spieluhr, aus der sich die Waldkircher Orgeldynastie entwickelte. Oder nehmen wir noch den Zeller Franz Joseph Ritter von Buss, Jurist und Staatsrechler, berühmt geworden mit seiner sogenannten *„Fabrikrede"* vom 25. April 1837. Sie gilt als die erste sozialpolitische Rede vor einem deutschen Parlament, und das Manifest von Karl-Marx soll Elemente seiner Abhandlungen enthalten.

Das sind nur wenige Beispiele an Menschen und Ideen, die ein wenig die Welt veränderten haben und hier, im Schwarzwald, ihren Ursprung nahmen. Noch einiges mehr wäre zu nennen. Kurzum, der Schwarzwälder ist gewitzt und pfiffig und dazu ausgesprochen zäh oder „bockelhert" (abgehärtet).

Mit solchen Überlegungen beschäftigte sich Isidor allerdings zu diesem Zeitpunkt weniger oder eigentlich gar nicht, obwohl ihm die bäuerliche Kultur sehr wohl bewusst war. Sie lag ihm sogar sehr am Herzen und er war stolz darauf. Wenn er aber abends müde ins Bett fiel und von der Arbeit so kaputt, so erschöpft war, dass er nicht einmal gleich einschlafen konnte, dann grübelte er über andere Dinge nach.

Ihn beschäftigten mehr die an ihn gerichteten Anträge und er war bald der Meinung: „Warum sollte ich die unter der Hand gemachten Angebote nicht annehmen?" Das würde es ihm ermöglichen mit höheren Einsätze agieren zu können, und so wie er das letzte halbe Jahr überblickte, hatte er ein glückliches Händchen. Wenn er bei den Gewinnen mit den Geldgebern fifty-fifty teilt, dann hat er durch die höheren Gewinnsummen unter dem Strich immer noch weitaus mehr, und die Geldgeber hätten auch etwas davon, was seinem Ansehen im Ort sicher guttun würde. Damit war die Entscheidung gefallen. Zufrieden mit dem Ergebnis seiner Überlegungen und dem getroffenen Entschluss schlief er irgendwann ein, und schneller wie gedacht war die Nacht vorüber und seine Arbeitskraft war am neuen Tag dringend gefragt.

„Neues Spiel, neues Glück", wieder saß der Nordracher zur gewohnten Stunde im Casino am Tisch. Die Spiele plätscherten seicht dahin, und am Ende des Spieltages stand an diesem Tag nur eine Summe von rund 500 Mark als plus zu Buche. Das war immer noch eine schöne Summe für seine Verhältnisse, es war aber nicht das, was er zuletzt gewohnt war und erwartete oder wünschte. Auf der anderen Seite sah er immer deutlicher anhand gefallener Zahlen einen Trend in Richtung seiner Prognosen, und dem wollte er sich noch mehr widmen. Beim Setzen auf die Zahlen wollte er seine Berechnungen und Beobachtungen konsequent umsetzen. Dabei war ihm endgültig klar geworden, es bedarf höherer Einsätze, und dafür will er auch die geneigten Geldgeber beteiligen. Das war jetzt sein fester Entschluss.

Etwas wehmütig und mit Bedauern vermisste er die ihm vertrauten Mitspieler, den Fabrikanten aus dem Schwäbischen und die redselige Dame mit der Pelzstola. Dafür waren diesmal viele neue Gesichter am Tisch, mit denen er wenig in Kontakt kam und kaum etwas sprach. Das Umfeld inspirierte ihn nicht genug, und er spürte, zu einem glücklichen Spiel braucht es einfach die geeignete Umgebung und eine inspirierende Atmosphäre. Wenn dann auch noch andere seine Zahlen übernehmen, dann war er sicher: „Ich besitze heute ein glückliches Händchen, ich fahre die richtige Strategie."

Mit seinem gefestigten Entschluss machte er sich am späten Nachmittag wieder auf den Heimweg. Zumindest das war positiv an diesem Sonntag festzuhalten. Die Entscheidung war gefallen, in der kommenden Woche wollte er abends den einen oder anderen Interessenten aufsuchen und als stillen Teilhaber mit ins Boot nehmen. „Da will ich nun Nägel mit Köpfen machen."

13

Stille Teilhaber steigen ein

Immer noch – oder jetzt gerade erst recht – gab es viel Arbeit auf dem Hof, obwohl inzwischen schon Herbst war und sich ringsum die Blätter bunt färbten. Bis Isidor Feierabend machen durfte, war es längst dunkel. Trotzdem schwang er sich spätabends noch auf sein Fahrrad und verließ zielstrebig den Hof. Die Dunkelheit empfand er nicht einmal als störend oder ungünstig, sie ermöglichte es ihm unerkannt die geplanten Besuche zu tun. Heute wollte er zu denen gehen, die sich mit einer größeren Beteiligung angeboten hatten. Dieses diffizile Geschäft wollte er nicht in der Gaststätte besprechen, sondern nur unter vier Augen persönlich im Haus oder an einem neutralen Ort.

Zuerst kehrte er beim Spitzer-Heiner ein, der ihm als Erster Geld anboten hatte. Bei der Ankunft führte ihn der Heiner in die Wohnstube und flüsterte Isidor ins Ohr: „Meine Frau darf nichts davon wissen. Gerade ist sie aber noch im Stall und melkt die Kühe, deshalb können wir ungestört reden." „Wie viel hast du denn übrig, was willst du einsetzen?", kam Isidor geschäftstüchtig zur Sache. „Ich dachte an 1000 Mark", nannte der eine Summe. „Aber Heiner, das ist Kleingeld, das bringt doch nichts", erwiderte Isidor selbstbewusst. „Wenn man bei mir einsteigen will, dann muss es sich lohnen, das geht nicht mit Kleingeld, 10'000 Mark sind da das Minimum." Dafür teile ich die erzielten Gewinne, das heißt, wenn ich 1000 Mark gewinne, gehören 500 Mark dir. So habe ich es mit anderen Mitspielern in der Spielbank auch gehalten, und die hatten hinterher einen schönen Reibach gemacht und es nicht bereut." Der Heiner kratzte sich nachdenklich am Kopf. „Ui, ui, Isidor 10'000 Mark, des isch bigott e'Huffe Geld. Do grieg'i jo e Bulldock dofür." (Das ist viel Geld, da bekomme ich einen Traktor dafür). Aber nach kurzer Überlegung willigte er ein: „Isch gued Isidor, des geht in Ordnung, ich besorge mir das Geld von der Bank und bringe es dir noch vor dem Wochenende, versprochen und Hand drauf." „Abgemacht, machen wir es so", bestätigte Isidor nickend, und sie besiegelten die Vereinbarung mit Handschlag, wie es unter den Bauern seit alters her Sitte ist – und sowas gilt mehr als ein schriftlicher Vertrag.

„So, jetzt trinken wir noch einen feinen Obstler und wünschen uns gemeinsamen Erfolg", meinte Heiner und holte zwei Gläser und die Schnapsflasche aus dem Wandschränkchen: „Toi, toi, toi". Nachdem angestoßen und getrunken war, machte sich Isidor zufrieden auf den Heimweg.

Noch zwei Besuche mit dem gleichen Ziel folgten in dieser Woche und er bekam die Zusage für weitere 10'000 Mark von dem einen und sogar 20'000 Mark eines anderen. „Das ließ sich doch gut an", klopft sich Isidor selbstzufrieden auf die Schultern. „Sakrement, s'got los, sie duen mi äschtemiere" (Es geht los, ich werde geschätzt).

Sorgfältig hatte er jeden Namen und die zugesagten Summen in seinem Notizbuch festgehalten, und dann, wenn er das Geld in den Händen hatte, setzte er ein Häkchen dahinter. Hinter jedem Namen gab es zudem noch Platz, wo er ausbezahlte Gewinne vermerken wollte. Mit diesem Ergebnis war Isidor sehr zufrieden und er konnte es kaum glauben, wie leicht das alles abgelaufen ist. Mit den Summen, die er jetzt zur Hand hatte, hoffte er groß einsteigen und seine Chancen enorm steigern zu können. Bis zum Samstagabend hatten ihm die Geldgeber doch tatsächlich unglaubliche 40'000 Mark in die Hand gegeben und anvertraut.

Vorsorglich hatte er im Vorfeld mit den stillen Teilhabern einen Treffpunkt für jeweilige Übergaben des Geldes abseits des Hofes besprochen und festgelegt. Der Bauer sollte nicht unbedingt von den speziellen Kontakten etwas mitbekommen. Isidor wollte sich dazu nicht erklären müssen, und andererseits käme der Patron vielleicht auch noch auf den Gedanken, die anderen Bauern wollen ihn als Knecht abwerben. Das hätte mich Sicherheit Ärger gegeben und „man sollte keine schlafenden Hunde wecken", war sein Leitspruch.

14

Riskantes Spiel mit höheren Einsätzen

Der Sonntagmorgen ließ sich nicht so gut an, flammend rot zeigte sich der Himmel am östlichen Firmament. Das verhieß nach alter Bauernweisheit, dass es regnen wird. Trotzdem machte sich Isidor, der Spieler, beschwingt auf den Weg und wie immer, verlief das in der gleich gewohnten Weise. Die Fahrten waren ihm quasi schon zum erholsamen, vertrauten Sonntagsausflug geworden. Dabei gefiel es ihm, erstens das Angenehme, gemeint ist die Anreise an sich, und zweitens das Nützliche, sein Hobby, in einem zu verbinden. „Nur so lässt sich das karge Leben eines einfachen Bauernknechtes aushalten und ertragen", gab er sich zufrieden.

Bei der Ankunft in Baden-Baden hatte sich der Himmel verdunkelt und es begann zu gewittern. Bedrohlich hingen die Wolken über den Battertfelsen und verbreiteten eine düstere Stimmung. Da er wieder einen guten Anzug trug und keinen Schirm mit sich führte, bat er den Taxifahrer, bei dem er am Bahnhof in Oos zugestiegen ist, ihn doch bitte so nah wie möglich an den Eingang vom Kurhaus zu fahren. Und der zierte sich nicht lange, fuhr tatsächlich direkt zum Treppenaufgang, obwohl die letzten Meter streng genommen zum Fußgängerbereich gehören und für Fahrzeuge gesperrt sind. Dafür drückte er dem Fahrer einen extra 10-Mark-Schein in die Hand, zusätzlich zum regulären Fahrpreis. „Der

Mann soll auch einen guten Sonntag haben", so sein Hintergedanke dabei. „Vielleicht erinnert er sich einmal daran!"

Für den Eintritt ins Casino besaß der Stammgast längst eine Dauerkarte, die man ihm jeweils für ein Jahr ausgestellte. Bei der Anmeldung bezahlte er zuerst 30'000 Mark auf sein Konto ein, und 10'000 Mark tauschte er in 100er-Jetons, die er in einem zur Verfügung gestellten Tablett deponierte. Von der Kasse wollte er dies nicht durch die Gänge tragen, deshalb bat er einen Mitarbeiter, er möge ihm doch netterweise das Spielgeld an den Tisch bringen, was der gerne tat. Bei größeren Summen war das auch übliche Praxis. Wenn später im Spiel weiter Bedarf bestehen sollte, konnte man direkt am Tisch wechseln, und nicht selten legen Spieler einfach Geldscheine statt Jetons auf die gewählten Zahlen des grünen Filzes. Das ist erlaubt und geht schneller, als erst umständlich Geld gegen Jetons tauschen, falls ein Akteur gerade im Spielrausch ist und befürchtet, etwas zu verpassen oder seine Glückssträhne bekäme einen Bruch.

Mit Bedacht nahm er sein Notizbuch aus der Jackentasche und legte es demonstrativ neben sich auf den Tisch, und seinen edlen Füllhalter ebenso gekonnt dazu. „Jeder soll sehen, ich bin ein Profi", so sein Ansinnen. Einige Minuten beobachtete er schweigend den Spielverlauf, blickte in die Runde, wollte sehen, wie es an diesem Tag lief und sich dabei auf das Spiel einstimmen. Dazu verglich er gefallene Gewinnzahlen mit seinen Einträgen und den daraus gezogenen Schlüssen, nickte und stellte fest: „Heute gibt es meiner Meinung nach gewisse Gesetzmäßigkeiten."

Dann konnte es für ihn losgehen, im nächsten Spiel wollte er einsteigen. Dazu hatte er sich vorgenommen, immer im Verhältnis seiner stillen Teilhaber die Einsätze zu tun. Die ersten fünf Einsätze sollten vom eigenen Geld sein, dann kamen die Gelder vom Heiner und peu à peu die anderen und so weiter fort. Wenn die Zahlen fielen und Gewinne entstanden, so wollte er den Anteil dem jeweiligen Geldgeber im Notizbuch zuordnen. So sollten alle zum gerechten Anteil kommen und bei seinen Gewinnen wollte er die Übersicht behalten. „I'bin bi'Gott kei Dummkopf", bestätigte er sich innerlich auf die Schultern klopfend.

Bisher saßen mit ihm nur unbekannte Spieler am Tisch und andere kamen nach und nach dazu, die mit Einsätzen stehend in der zweiten Reihe spielten. Fast war ihm der ständige Wechsel ein wenig lästig und störte ihn in seinen Überlegungen. Sie machten zwei, drei Spiele und verzogen sich dann wieder. Einzelne exzessive Spieler disponierten an zwei Tischen gleichzeitig. Die wollten natürlich beweglich sein und zwischen den Tischen pendeln können. Deshalb versuchte sich Isidor auf seine Spiele zu konzentrieren.

Wie schon häufiger in der Vergangenheit praktiziert, setzte er nach seinem Gefühl und den Schlüssen aus seinen Aufzeichnungen auf Zahlen im Carré, in der Transversale oder den anderen Varianten. Gelegentlich wurde er riskanter, etwas mutiger und deponierte seine Einsätze voll auf einzelne Zahlen.

Bei den ersten fünf Einsätzen hatte er nur einmal Glück und die richtigen Zahlen. Der 8-fache Betrag plus sein Einsatz wurde ihm vom Croupier zugeschoben. Das glich die zuvor verlorenen Einsätze locker aus. Dann spielte er nach und nach für seine imaginären Mitspieler, zunächst nur mit wechselndem Erfolg. Zwischendurch machte er eine kürzere Pause, lief umher und sah den Spielern an anderen Tischen kurz über die Schultern, so etwa beim Poker, Blackjack und amerikanischem Roulette. Als Stammgast oder VIP servierte ihm das Personal, wenn er dies wollte, ein Glas Sekt oder auch ein Mineralwasser. Kaffee hätte er ebenfalls haben können, das war aber nicht unbedingt sein Getränk, davon wurde er nur nervös und hektisch. Stunde um Stunde verrann und die Zeit für ein Mittagessen war gekommen, nun wechselte er ins Restaurant.

Frisch gestärkt und neu motiviert kehrte er von da zurück und nahm wieder einen Platz am Tisch ein, wo er sein gewohntes Spiel fortsetzte, bis sich seine Spielzeit dem Ende zuneigte und er an den Heimweg denken musste. Auf einen Wink hin reichte ihm ein Mitarbeiter ein Tablett, auf dem er seine Jetons deponieren und zur Kasse zum Umtausch bringen lassen konnte. Beim Überschlagen des Resultats dieses Tages konnte er 500 Mark für sich verbuchen, ferner 400 Mark für den Heiner, 200 Mark für einen weiteren und 800 Mark für den Geldgeber der 20'000er Summe. Das war nicht überwältigend, und auch nicht das, was er erwartet hatte, aber immerhin: „Kleinvieh gibt auch Mist".

Wenn er von den Gewinnen der anderen jeweils die Hälfte für sich vereinnahmte, dann kamen für ihn noch einmal 700 Mark obendrauf. Die gleiche Summe wollte er den Geldgebern ausbezahlen. „Die werden Augen machen, das war eine schöne Verzinsung innerhalb von so kurzer Zeit", rechnete er aus, und das tröstete ihn darüber hinweg, dass nicht höhere Summen zu Buche schlugen. Einen Teil seines Geldes ließ er dem Konto gutschreiben und den Rest steckte er in seine umgehängte Ledertasche.

Mit einem guten Gefühl begab er sich auf den Heimweg, und dieses Mal gönnte er es sich bequem. Dem schon persönlich bekannten Taxifahrer gab er Anweisung: „Fahren sie mich doch bitte direkt bis nach Nordrach." Das kostete ihn zwar 200 Mark, aber diese Ausgabe war es ihm heute wert. „Das habe ich mir verdient", davon war er überzeugt. Klugerweise ließ er sich aber nicht direkt zum Hof fahren, sondern bat den Fahrer im Ortsteil Lindach anzuhalten. Von dort lief er das letzte Wegstück zu Fuß. Der Regen hatte längst aufgehört. So kam es, dass er schon um 18.30 Uhr auf dem Hof eintraf, was aber keinem Menschen aufgefallen ist, und nicht einmal der Hofhund hatte angeschlagen, allerdings erkannte dieser den Knecht schon an seinen Schritten.

Schnell zog er sich um und legte schlichtere Kleidung an, holte sein Fahrrad aus dem Schuppen. Dann radelte er zügig ins Dorf. Zuerst schaute er im Gasthaus „Kreuz" rein, ob dort einer seiner Geldgeber anzutreffen wäre. Tatsächlich traf er einen an, bat ihn vor die Tür, zeigte ihm die notierten Zahlen und händigte ihm den zustehenden Gewinn aus. Der fiel fast aus allen Wolken. „Isidor, du bist ja ein Genie, komm an meinen Tisch, ich gebe dir einen aus. „Ich kann's leider nicht verhehlen, dass ich ein Genie bin. Einen kleinen Klaren nehme ich, dann will ich aber noch weiter", erwiderte Isidor mit Stolz und ohne mehr zu verraten.

Die beiden anderen Mitspieler suchte er zu Hause auf und überreichte ihnen ebenfalls den Teil der gewonnenen Summe. Auch diese waren erstaunt und hocherfreut. Inzwischen war es aber sehr spät geworden und somit Zeit für den Heimweg. Müde genug war er schließlich auch, und nun sehnte er sich nach dem Bett, schließlich wartete am kommenden Morgen wieder eine harte Woche mit viel harter Arbeit auf ihn.

15

Die willigen Geldgeber stehen Schlange

In den nächsten Wochen sprach sich die wundersame Geldvermehrung auf geheimnisvolle Weise herum. Zudem waberten die abstrusesten Gerüchte durchs Tal. Immer mehr Leute suchten den Kontakt zu Isidor – und das waren nicht nur Nordracher, sie kamen sogar aus Zell, Unterharmersbach, Oberharmersbach und Biberach und sprachen ihn heimlich an, wenn er in einer Wirtschaft weilte oder sie ihn bei anderen Gelegenheiten zu Gesicht bekamen. Weithin bekannte Bauern und Handwerker, selbst einfache Arbeiter wollten hinter vorgehaltener Hand wissen, ob sie einsteigen und sich beteiligen dürften?

Die Mundpropaganda war offensichtlich sehr erfolgreich. Sie schwappte wie eine Meereswelle über die geldgierigen Menschen und verfehlte ihre Wirkung nicht.

Da hatte Isidor alle Mühe, sich immer nur auf einen Teil der Interessenten einzulassen und das angebotene Geld anzunehmen, denn er wollte auf keinen Fall den Überblick verlieren. Die unverhohlene Geldgier seiner Mitbürger überstieg bei weitem seine begrenzten Möglichkeiten und überraschte ihn auch. „Das verstehe ich nicht. Warum gehen die denn nicht selber nach Baden-Baden? Sie haben doch den gleiche Weg, oder haben die alle Schiss, gesehen zu werden?"

Nach Ablauf eines Vierteljahres belief sich die Summe des von ihm eingesammelten „Spielgeldes" schon auf über 250'000 Mark. Im auslaufenden Herbst blieb ihm nun etwas mehr Zeit, weil die Arbeit auf Feld und Hof weniger geworden war.

Schon um 19 Uhr oder spätestens um 20 Uhr konnte er Feierabend machen, und die morgendliche Arbeit in den Ställen begann er erst um 6 Uhr. Dann nahten die Weihnachtsfeiertage, wo das Fest mit allem Drumherum immer mehr in den Vordergrund rückte. Es folgte Silvester mit dem Jahreswechsel und schon schrieb man das Jahr 1961: „Ein neues Jahr und neues Glück." Würde das auch für das Spiel gelten?

Über Wochen hatte Isidor beachtenswerte Gewinnanteile an seine diversen Geldgeber übergeben. Immer mehr wollten sogar die Gewinnsumme lieber stehen lassen und damit die Chancen erhöhen. So kam es, dass sein Konto bei der Spielbank anwuchs und schon eine stattliche Summe aufwies. Das auf das Sparbuch einbezahlte Geld existierte auch noch und war für seine Verhältnisse ein kleines Vermögen. Im Januar meldete sich ein Bauer aus Biberach. Im Ort wurde gerade eine neue katholische Kirche gebaut und der Mann hatte dafür Ackergelände als Grundstücke verkauft. Vom dem Erlös wollte er nun unbedingt mit 40'000 Mark einsteigen. Die Geldübergabe sollte sie im Gasthaus „Kreuz" in Biberach stattfinden. Dort trafen sie sich zur vereinbarten Zeit und schon wechselte ein dickes Kuvert den Besitzer. Hinterher haben sie noch zusammen gegessen und mit zwei Glas Zwetschgenwasser den Deal besiegelt. Während des Frühjahrs und bis zum Sommer, meldeten sich immer noch weitere Mitspielwillige, der Zenit schien aber überschritten zu sein.

Das Interesse ließ nach und das war ganz gut so. Für Isidor war es inzwischen unmöglich geworden, die Spieleinsätze auf die einzelnen Mitspieler aufzuteilen. Dabei war es sein ehrliches Ansinnen, die Gewinne richtig zuzuordnen und sie dann zu übergeben. Bei all seinem Gerechtigkeitssinn, durfte er auf keinen Fall den Überblick verlieren.

Hin und wieder beschlich ihn schon der Gedanke: „Isidor, wo soll das noch hinausgehen? Das wächst dir so langsam alles über den Kopf." Seine Sorge war nicht unberechtigt, wie sollte das also weitergehen? Blickte er in sein Notizbuch und überschlug die Summen, wiesen sämtliche Einlagen schon die für ihn astronomische Summe von über 500'000 Mark auf. Wie sollte er da noch nach einem System setzen und die Gewinne einzelnen Personen zuordnen können? Das war ihm längst aus dem Ruder gelaufen, stattdessen, war er dazu übergegangen zu improvisieren und verteilte die Gewinne mehr nach seinem Bauchgefühl. „Kontrollieren kann es eh keiner, und wenn ich jemand Geld gebe, werden sie schon zufrieden sein", so schließlich sein Fazit und das beruhigte ein wenig sein Gewissen.

Seine ursprüngliche Vorgehensweise mag bei 10 oder bei 20 Mitspielern noch einigermaßen händelbar gewesen sein, aber nicht mehr bei 50 oder 100, und die Sache wurde zusätzlich kompliziert, nachdem er sich auch noch auf kleinere Summen von 5000 Mark und darunter eingelassen hatte. Warum er das tat, das konnte er sich hinterher nicht mehr erklären. Möglicherweise hing es mit seiner Art zusammen, er konnte nicht einfach nicht nein sagen und konsequent bleiben.

Unbewusst wichtiger war ihm, dass man ihn achtete und er Anerkennung fand, und je mehr Leute „Schlange standen" umso mehr fühlte er sich geschmeichelt. Das tat ihm wohl und stärkte sein Ego.

Bei der entstandenen Sachlage, war er irgendwann einfach dazu übergegangen und hatte erzielte Gewinnen nach seinem Gefühl denen gegeben, wo er meinte, es wäre dafür an der Zeit und er wollte keine Rückfragen riskieren. Von einem klaren, überschaubaren Konzept oder gar einem System war längst keine Rede mehr. Davon bemerkten seine stillen Teilhaber aber zum Glück nichts.

Rückblickend betrachtet war er aber auch nicht an jedem Sonntag am Roulette-Tisch erfolgreich gewesen. Alleine in den letzten drei Monaten gab es vier Sonntage, bei dem am Ende eines Spieltages über 50'000 Mark Verlust anstanden. Das war kein Pappenstiel. Damit kein Misstrauen aufkam, zahlte er trotzdem weiterhin fleißig da und dort Gewinne aus, die er überhaupt nicht erzielt hatte. Noch mehr mag der Grund hineingespielt haben, dass er sich in der Rolle eines cleveren, wundersamen Geldvermehrers gefiel und dieses Bild sollte keine Risse bekommen.

Die ohne Grundlage von Gewinnen ausbezahlten Summen dezimierten natürlich spürbar sein verfügbares Spielkapital. „Das ist nur kurzzeitig so, das hole ich mir schon wieder rein", redete er sich immer wieder ein, und dabei war er sich sogar absolut sicher. „Nach jedem Regen folgt Sonne und nach einem Winter wieder der Frühling", das weiß jeder Bauer.

16

Ein schwarzer Sonntag

Auf der Basis der eingesammelten Summen und den riskanteren Spieleinsätzen, die das ermöglicht hatte, konnte Isidor in den vergangenen Monaten schon über 50'000 Mark Gewinne an seine Geldgeber ausbezahlen. Das sprach sich unter der Hand wie ein Lauffeuer herum, sodass sich doch noch vereinzelt neue Interessenten bei ihm meldeten oder andere gaben ihm Adressen, wo er doch bitte vorstellig werden sollte. So viele wie anfangs waren es zwar nicht mehr, aber immerhin, ihm brachte es noch weiteres Spielkapital in die imaginäre Gemeinschaftskasse.

In der Spielbank verkehrte Isidor immer sicherer, und bei der Höhe seiner eingesetzten Beträge blieb er nicht unbeachtet. Immer mehr wurde gerätselt, wer dieser Mann wohl sei, der solche Summen riskiert, oft stattliche Gewinne einstreicht, jedoch auch hohe Beträge verliert. Manchmal suchten andere Spieler ein Gespräch mit ihm, überwiegend bedauerten ihn aber die stillen Betrachter wegen seiner Behinderung, sprachen das jedoch nicht aus oder nur hinter vorgehaltener Hand unter sich.

Nicht jeden Sonntag, aber immer wieder und in gewisser Weise regelmäßig, war Eleonora anwesend und der schwäbische Fabrikant sehr oft auch. Mit den beiden verkehrte er längst per „Du", und häufig nahmen sie gemeinsam das Mittagessen ein, tranken dazu das eine oder andere Glas Sekt, oder besser gesagt, sie wählten „Champagner", badisch kurz „Schampus". In solchen Kreisen meinte man, war „das Beste ist gerade gut genug". Für den Fabrikanten war Isidor eh nur der „Gestütsbesitzer aus Nordrach". Beide, Eleonora wie auch der Fabrikant, orientierten sich beim Setzen immer noch gerne an den von Isidor gewählten Zahlen, wie wenn sie keine eigenen Ideen gehabt hätten. Bisher sind sie damit auch nicht schlecht gefahren oder um es positiv auszudrücken, sie hatten einen ordentlichen Reibach dabei gemacht. Das schaffte eine gewisse Vertrautheit und Anerkennung. Besonders Eleonora hat nie bereut, damals, nachdem Isidor blank war, ihm Geld vorgestreckt zu haben. Mit keinem hatte sie bisher über die Sache gesprochen, das blieb ihr beider Geheimnis.

Dann stand der Sonntag vor Ostern auf dem Kalender – landläufig als Palmsonntag bekannt – und wieder traf Isidor zur üblichen Zeit in Baden-Baden ein. Längst hatte er sich neue Anzüge zugelegt, damit konnte er mit wechselndem Äußeren auftreten und sich gut sehen lassen. Die Einnahmen aus ihm zugetragenen – um nicht „aufgedrängt" zu sagen – Geldes wurden inzwischen weniger und er nahm, wie gesagt, inzwischen schon Summen von 5000 Mark und weniger an. So ergab sich, dass er an diesem Tag nur 15'000 Mark Bargeld mitführte. Das nötigte ihn schon bald, zusätzlich 20'000 Mark vom Konto geben zu lassen. Die der Summe entsprechenden Jetons wurden ihm jeweils auf dem Tablett an den Tisch gebracht. Dabei war er sich schon gar nicht mehr bewusst, welche immensen Beträge er – für seine Verhältnisse – da riskierte. Nein, das war inzwischen für ihn schon zur Normalität geworden.

Nach dem üblichen Ritual, und nachdem er sich einen Überblick verschafft hatte, wie es gegenwärtig am Tisch läuft und wie die Stimmung war, setzte er beim ersten Spiel zehn 100er Jetons ein und verlor sie. Auch bei den nächsten Spielen hatte er nur ein einziges Mal Glück. Dann wollte er es wissen und setzte fünf 500er

Jetons auf die Zahl 32. Es fiel die Zahl 6, das war weit weg von seiner Zahl. Inzwischen waren schon zwei Stunden vergangen und somit längst die übliche Zeit das Mittagessen einzunehmen. Zu diesem Zeitpunkt hatte er schon alles eingetauschte Geld verspielt. Mit weichen Knien musste er zur Kasse gehen, wo er von seinem Konto 20'000 Mark als weiteres Spielkapital holte, das er sich in Jeton an den Tisch bringen ließ. Die Situation machte ihn zunehmend nervöser, und dann verlor er auch noch, gegen alle Gewohnheit, seine sonst übliche Gelassenheit. Schweiß trat im auf die Stirn, ob er es wollte oder nicht. Dazu bildete er sich ein, er werde von allen Seiten beobachtet und steht im Fokus anderer Spieler. Schon war er sich sicher, bei dem einen oder anderen Stammspieler eine gewisse Schadensfreude im Gesicht ablesen zu können. Das war eine neue, ungewohnte Situation für ihn. Nüchtern betrachtet war es längst Zeit, hier die Zelte abzubrechen und es besser an einem anderen Sonntag wieder versuchen. Diese Chance erkannte er aber nicht; er dachte nicht einmal daran.

„Zu dumm aber auch, heute sind weder der Fabrikant noch Eleonora da, mit denen ich mich austauschen könnte oder die mich ablenken würden", jammerte er betrübt vor sich hin. So kam es, dass ihm an diesem Tag nicht einmal das Mittagessen schmecken wollte, dabei hatte er doch extra Rinderbraten mit breiten Nudeln bestellt und hinterher ein feines Mousse au Chocolat als Dessert hinterher. Leider das nicht zu einem Stimmungsumschwung aus: „Hit isch ums verrecke nit min Dag, des isch g'herig schebs gonge" (heute ist einfach nicht mein Tag, das ist gehörig danebengegangen), musste er sich missmutig eingestehen. „Besser wäre gewesen, ich wäre daheim und im Bett geblieben." Also doch, ein Funken Verstand blitze da noch durch. Auswirkungen hatte es allerdings nicht.

Am Ende der üblichen Spielzeit standen rund 200'000 Mark Minus zu Buche. Das war im Grunde eine Summe jenseits seines

Vorstellungsvermögens, und wenn er darüber nachdachte, bekam er Herzklopfen und es wurde ihm fast übel. „Wie konnte es passieren, dass an diesem Tag mein solides System immerzu so versagte, mich einfach total im Stich ließ und ums verrecke nie die gesetzten Zahlen fallen wollten?", stellte er sich immer und immer wieder die Frage. „Alles ist heute total schiefgelaufen. Dammi nochmal. Was habe ich übersehen oder falsch gemacht, hat sich gar der Tisch gegen mich verschworen?" Fragen über Fragen, die ihm den Kopf zermarterten, Kopfschmerzen bereiteten, während er auf dem Nachhauseweg im Auto saß. Bei allem Grübeln kam er auf keinen Nenner. Natürlich hatte er wieder das Taxi genommen. Auf die 200 Mark Fahrtkosten kam es nun auch nicht mehr an. „Wenn ich schon so viel Geld verbrannt habe, schaut niemand auf die Asche", gab er sich trotzig. Nach der Ankunft in Nordrach, und während dem kurzen Fußweg zum Hof, war er so deprimiert, dass er keine Lust mehr verspürte, diesen Abend noch ins Dorf zu gehen und in eine Wirtschaft zu gehen.

Blick in das langgestreckte, enge Nordrach-Tal

Andererseits fehlte ihm quälend gerade heute jemand, mit dem er hätte reden, sich austauschen, seinen Frust loswerden können. Stattdessen zog er sich um und wanderte noch ein Stück den Berg aufwärts dem Mühlstein zu, in der Hoffnung, dabei würde sein Kopf etwas klarer werden. Geholfen hat es wenig und darum verzog er sich schon um 21 Uhr in seine Kammer. Sogar aufs Abendessen verzichtete er an diesem Tag. Dazu fehlte ihm schlicht der Appetit, er hätte an diesem Abend nichts mehr runter bekommen. Stattdessen trank er zwei Obstler, die ihm auch das Zähneputzen ersetzten.

In der kommenden Nacht schlief er schlecht, Albträume verfolgten ihn, und genauso missmutig wie er am Abend sich niedergelegt hatte, verließ er am folgenden Morgen das Bett. Ihm wurde plötzlich bewusst, dass er in dieser Woche bei acht Mitspielern antreten sollte. Nach einer Zeit des Überlegens hatte er sich vorgenommen – trotz des Verlustes – jedem im begrenzten Rahmen eine gewisse Summe als Gewinn zu geben. Das war er seinem Ruf schuldig, und ein wenig vertraute er insgeheim darauf, er würde das nächste Mal schon die bittere Scharte wieder auswetzen. „Noch einmal kann ich auf keinen Fall so viel Pech haben, und dann wird das Geld schon wieder hereinkommen, die Gewinnsummen sprudeln", so redete er es sich den ganzen Tag über ein, und am Abend war er schon davon vollkommen überzeugt und seine innere Zufriedenheit pendelte sich langsam ein.

In dieser Woche gab er insgesamt 4000 Mark an Mitspieler weiter, die am vergangenen Sonntag auf seiner Spielliste gestanden haben. Das ging voll zulasten seiner liquiden Mittel. Auf dem Baden-Badener Konto war zwar immer noch ein passables Guthaben vorhanden, und selbst das Geld auf dem Sparbuch war auch noch da, doch er musste unbedingt flüssig bleiben und nahm sich vor, in den nächsten Wochen etwas mäßiger und mit weniger Risiko zu agieren. Solche Summen wie zuletzt, konnte und durfte er auf keinen Fall jeden Sonntag verspielen, sonst war er in wenigen Wochen blank.

Nach drei Tagen war er in seiner Stimmung über den Berg und schon gewann die Zuversicht wieder die Oberhand. Die Spielleidenschaft drang durch und kochte erneut hoch. Kaum konnte er den Sonntag erwarten und es drängte ihn fast schmerzlich zur Spielbank hin. Der Ehrgeiz hatte ihn neu gepackt und es war sein Wille: „Ich will die Scharte vom letzten Sonntag unbedingt wettmachen. Das bin ich meinem Ruf schuldig und meinen bisher bewährten Spielsystem. Man soll mich umtaufen und bald Hans im Glück nennen."

17

Das Glück kippt

Auch in den nächsten Wochen war „der Spieler" Isidor mit wenigen Ausnahmen jeden Sonntag in Baden-Baden, und die Feiertage nützte er zum Besuch der Geldgeber, überbrachte kleinere Gewinne und bemühte sich gleichzeitig um weiteres Geld.

Wie er sich vorgenommen hatte, spielte er vorsichtiger und nicht mehr mit so hohen Einsätzen. Hin und wieder gewann er etwas mehr, wie er eingesetzt hatte, aber nicht mehr die Summen, wie das anfangs noch der Fall war. Unter dem Strich summierte sich schon ein beängstigendes Minus, und das wuchs durch diverse Auszahlungen wöchentlich noch höher an. Objektiv gesehen, war er nicht mehr in der Lage, wenn nicht ausgesprochen hohe Gewinnerträge kommen sollten, die verlorenen Summen je zurückzubezahlen.

Im ersten Halbjahr 1961 fielen die Feiertage günstig. Der 1. Mai war an einem Montag, das Fest Christi Himmelfahrt – bekannter als Vatertag – ist immer donnerstags, und dann war da noch der Pfingstmontag. Das sind alles Tage, an denen der Knecht morgens mit den Mägden erst die Stallarbeit verrichtete, das Vieh fütterte und versorgte, dann hatten sie alle bis zum Abend frei. Nach einem obligatorischen 9-Uhr-Vesper machte sich Isidor gewöhnlich mit dem Fahrrad auf den Weg und traf sich irgendwo mit einem seiner Geldgeber. Vereinzelt bekam er noch Hinweise, wer noch an einer Beteiligung interessiert wäre, und diese Adressen musste er natürlich schleunigst aufsuchen. Auf dem Weg kehrte er zwischendurch in einer Wirtschaft ein, leerte ein oder zwei Glas Bier und gönnte sich ein Essen, wobei er in der Regel das Tagesgericht wählte. So weit gesehen, schien alles überschaubar und einigermaßen im Lot.

Noch immer war er überall gerne gesehen, denn bisher hatte es sich auch für die an seinen Spieleinsätzen Beteiligten bestens gelohnt und sie hatten manchen Hunderter einstreichen dürfen. Das machte manche richtig euphorisch. Kumpelhaft klopften sie Isidor auf die Schultern und lobten ihn über alle Maßen. Wenngleich er wiederholt seine Gesprächspartner darum gebeten hatte, unbedingt Stillschweigen über ihr heimliches Geschäft zu bewahren, waren die Beteiligungen inzwischen in Nordrach und weit darüber hinaus ein offenes Geheimnis. Unter der Hand wurde getuschelt, und das weckte doch hier und da noch Begierde, sich ebenfalls noch in die Sache einzuklinken.

Mitte des Jahres fand sich Isidor wie gewohnt in Baden-Baden ein. Der Sonntag hatte schon verregnet und nasskalt begonnen. Selbst in dem sonst so beschaulichen Baden-Baden mit seinem mediterranen Flair sah der Himmel trist und grau aus, und diese Stimmung schlug nicht nur Isidor aufs Gemüt. Auch wenn er es innerlich nicht zugeben wollte, spürte er, dass es kein guter Tag werden würde. Er sollte recht behalten. Seine Gefühl hätte ihm sagen müssen: „Isidor, ich glaube, es ist besser du fährst wieder nach Hause, spar das Geld fürs nächste Mal."

Das Gefühl schwieg aber und so blieben seine dunklen Gedanken wie ein Damoklesschwert den Morgen über ihm. Selbst das Glas Champagner, das ihm ein Mitarbeiter an den Spieltisch brachte, konnte seine Stimmung nicht aufhellen, und so miserabel verliefen für ihn die Spiele. Bereits in den ersten zwei Stunden hatte er schon über 50'000 Mark verspielt. Mehrfach hatte er deshalb Geld vom Bestandskonto abheben müssen und sich dafür Jetons bringen lassen.

Den Nachmittag über begann er etwas defensiver, spielte kleinere Summen und gewann zwischendurch sogar wieder einige Hunderter. Dann fielen nur noch die von ihm nicht gesetzten Zahlen. Um sich etwas abzulenken und vielleicht die Pechsträhne zu unterbrechen, verließ er zwischen durch den Platz. Um frische Luft zu tanken, ging er nach draußen und vor das Casino ins Gelände. Das Symphonieorchester des SWF (Südwestfunk – heute Süddeutscher Rundfunk) hatte gerade einen Auftritt im Musikpavillon und spielte vor zahlreichen Zuhörern. Das Orchester genoss internationalen Ruf und bot klassische Musik vom Feinsten. In einer der Pausen ging Isidor wieder zurück an den Platz in der Spielbank und hoffte nun auf besseres Glück. Bis zum späten Nachmittag beim Aufbruch gegen 17 Uhr stand allerdings für diesen Tag trotzdem ein dickes Minus von 65'000 Mark zu Buche.

Heute fuhr er noch bedrückter als sonst nach Hause und er nahm sich vor: „In der kommenden Woche zahle ich keinem etwas aus. Es muss mir etwas Gescheites einfallen, wenn ich angesprochen werde. „Andererseits darf ich schließlich auch einmal Pech haben." Keine Frage, für sich und für seine Mitspieler galt eben auch die Devise: „Mitgegangen, mitgefangen, mitgehangen".

Aus purer Gewohnheit hatte er, wie immer in den letzten Monaten, ein Taxi bestiegen, das ihn direkt nach Nordrach fuhr. Im Ortsteil Lindach ließ er anhalten und lief die letzten paar hunderte Meter gemächlich zu Fuß. Die kühle abendliche Luft tat ihm gut, seine Sorgen nahm es ihm jedoch nicht, sie quälten ihn weiter wie Zahnschmerzen.

An diesem Abend wollte er nicht einmal mehr ausgehen und auch ja von keinem gesehen werden. Zu groß war seine Befürchtung, dass ihm ein Geldgeber ihm über den Weg laufen würde und ihn ansprechen könnte. Das wollte er in seiner miesen Stimmung lieber nicht riskieren und musste es auf jeden Fall vermeiden. Zuerst ging er am Abend in den Stall und versorgte das Vieh, die Pferde, Kühe und Schweine. Neben dieser an sich gewohnten und profanen Arbeit redete er mit den Tieren und bruddelte wegen seinem mangelnden Glück an diesem Tag. Anschließend verzog er sich mit einem Krug Most in seine Kammer und ließ sich nicht mehr blicken. Entgegen seiner sonstigen Gewohnheit hatte er nicht einmal mehr Appetit auf ein Abendessen. Im Nachtschrank verwahrte er dagegen eine Flasche Rossler. Neben einigen Gläsern Most trank er zwei Gläschen davon und legte sich dann schwermütig ins Bett.

Die kommende Woche über hellte sich seine Stimmung nicht sonderlich auf. Irgendwie beschlichen ihn eine merkwürdige innere Unruhe und ein ungutes Gefühl. Deutlich wurde ihm bewusst: „Bei anhaltendem Pech habe ich sehr schnell das noch verbliebene Geld verspielt, und was ist dann?" Diese Situation und deren Folgen wollte er sich gar nicht erst ausmalen. Doch die Fülle an schwerer Arbeit forderte ihn von morgens bis abends und lenkte ihn von seinen ungewohnt aufgetretenen und belastenden Problemen ab. Spätabends fiel er wie in Stein ins Bett und kam gar nicht mehr zum Grübeln. Zum Glück hatte er meistens einen guten Schlaf und schlief auch sofort ein. Nicht nur „ein gutes Gewissen ist ein sanftes Ruhekissen", harte Arbeit am Tage tut es für einen Mann in seinem Alter auch.

Die Tage vergingen, wieder war das nächste Wochenende da und man sah Isidor am Sonntag zur üblichen Zeit im Casino am Spieltisch sitzen. Erfreut stellte er fest, dass der Fabrikant wieder anwesend war. Das erschien ihm wie ein gutes Omen, als wenn er unter einem guten Stern spielen würde und tatsächlich gewann er heute spürbar häufiger. Die Anwesenheit dieses Mannes brachte ihm offensichtlich Glück. Zumindest bildete er es sich das ein. Zum Schluss am späten Nachmittag waren es zwar nur rund 10'000 Mark, aber immerhin kein weiteres Minus. War jetzt die Durststrecke für ihn vorbei, fragte er sich?

Doch was heißt nur 10'000 Mark? Vor einem Jahr oder früher hätte er an eine solche Summe nicht einmal zu denken gewagt. Jetzt verschaffte es ihm zumindest etwas Luft. Damit war es ihm möglich, in der Woche wieder bescheidene Gewinne auszahlen zu können, ohne dass sein restliches Guthaben angegriffen wurde. Er dachte dabei an zirka 5000 Mark, die er bestimmten Geldgebern übergeben wollte. Den Rest ließ er sich wieder seinem Casino-Konto gutschreiben.

Das ging noch an vier oder fünf Sonntagen so. Mal fielen kleine Gewinne an, dann verlor er wieder eine spürbare Summe. Im Laufe des Feiertags „Maria Himmelfahrt" bediente er ein halbes Dutzend Geldgeber. Nicht alle waren mit der erhaltenen Summe zufrieden und hatten anscheinend noch mehr erhofft. So schnell ändert sich die Lage, und was einmal angefangen wurde, wird schnell zur „Macht der Gewohnheit". Nur noch vereinzelt kam weiteres neues Geld dazu, und selten hat ihn jemand direkt angesprochen und darum gebeten, noch bei ihm einsteigen zu dürfen.

Im September näherten sich die Arbeiten auf den Feldern dem Höhepunkt zu. Die Kartoffeln mussten gerodet, die Rüben geerntet und das Kraut geschnitten werden und so fort. Die Schweine im Stall hatten das übliche Schlachtgewicht, und verlangten nach entsprechend vielem Futter. Sie bekamen eine Mischung aus gestampften Kartoffeln, Kleie und mit Wasser verdünnter Milch gefüttert. Mit dieser Arbeit war Isidor täglich enorm gefordert. Dann richteten immer wieder der Bauer oder sein Sohn zusätzliche Aufgaben an ihn, sodass es spätabends wurde, bis er endlich „den Riemen runterwerfen durfte" und Feierabend machen konnte. Da blieb keine Zeit mehr für Besuchs in der Wirtschaft und auch nicht bei seinen „Kunden"; im Dunkeln verspürte er auch keine große Lust dazu.

Innerlich aufgewühlt und unruhig fuhr er am Sonntag nach einer sehr arbeitsreichen Woche nach Baden-Baden und betrat – entgegen seiner Gewohnheit – eher zögerlich die Spielbank. Sie kam ihm an diesem Tag wie ein gereiztes Ungeheuer vor. Trotzdem ließ er sich Jetons für 20'000 Mark zulasten seines Kontos geben und an den Tisch bringen. Dabei wurde ihm nebenbei gesagt: „Es sind jetzt noch rund 10'000 Mark Guthaben auf dem Konto". Diese Information traf ihn wie ein Keulenschlag, schockierte ihn regelrecht und er nahm es wie im Nebel zur Kenntnis. Mehrmals mahnte er sich zur Ruhe. „Nichts wird so heiß gegessen, wie es gekocht wird", sagt der Volksmund, so kam es ihm in den Sinn. Geholfen hat es nicht, die Unruhe wollte nicht weichen und da half nicht einmal ein Gläschen „Schampus".

Beim Spiel wechselte er im Einsatz mit Carré oder einer Kolonne mit 12 Zahlen, die im Gewinnfalle den 2-fachen Gewinn plus Einsatz brachten. Das war nach seinen Verhältnissen inzwischen mehr als bescheiden, und der Nachteil, dieses defensive Vorgehen konnte keinesfalls spektakuläre Gewinne erzielen. Gegen 12 Uhr kam der Fabrikant und setzte sich wieder wie gewohnt auf seinen Stammplatz neben ihn. Isidor begrüßte ihn freundlich oder sogar ein wenig überschwänglich, denn er hoffte insgeheim, dessen Anwesenheit würde sich nun inspirierend auf ihn einwirken. Der Fabrikant dagegen hoffte mit den gleichen Zahlen wie sie Isidor setzte, auf mehr und größere Gewinne. So verfolgten sie beide ihre ureigenen Ziele. Hinderlich war nur, Isidor hatte schon fast sämtliche Jetons, die er sich sofort nach der Ankunft hatte geben lassen, verspielt. Da 13 Uhr vorüber war, fand er es an der

Zeit für ein Mittagessen. Langsam verließ er den Platz und wechselte ins Restaurant hinüber. An diesem Tag bestellte er sich Rindfleisch mit Meerrettich-Sauce und Rote Beete-Salat, dazu einen „Affentaler Spätburgunder", ein edler Rotwein aus der Region. Das Essen wollte und wollte ihm aber nicht so recht schmecken. Lustlos stocherte er im Teller und kaute ewig bei jedem Bissen. Eine schwere Last lag ihm wie ein Stein im Magen. „Vielleicht kann mir ein Magenbitter helfen?", dachte er und ließ sich gleich einen bringen.

Hinterher ging er schweren Schrittes zur Kasse und hob sein restliches Guthaben ab, das er sich in Jetons bringen ließ, in der Hoffnung, der Nachmittag würde sich besser anlassen. Doch der Betrag reichte bei den längst beim Einsatz üblichen Summen keine Stunde, der letzte Jeton war gesetzt, verspielt und futsch. Da war guter Rat teuer. „Sollte er jetzt abbrechen und nach Hause fahren oder was tun?"

Sein Nachbar, der Fabrikant aus Waiblingen merkte sein Zögern und hatte auch mitbekommen, dass Isidor keine Jetons mehr besaß. „Was ist, hörst du auf?", stellte er ihm spontan die Frage. „Kommst du mal bitte mit nach draußen?", wandte sich Isidor daraufhin mit leidigem Gesicht an ihn. Beide erhoben sich und verließen kurzzeitig den Spielsaal. Im Vorraum offerierte Isidor dem Fabrikanten: „Ich habe hier mein Konto leergeräumt, zu Hause aber genügend Geld bei der Sparkasse in Zell. Nur, da komme ich erst morgen dran. Kannst du mir aushelfen und etwas leihen? Ich bringe das geliehene Geld nächsten Sonntag mit und zahle dir es zurück." „Wie viel willst du denn haben?" Wenn möglich, gib mir bitte 20'000 Mark, ich hoffe, das Glück kehrt zurück und ich kann es dir schon heute Nachmittag wiedergeben."

Ohne Bedenken oder große Zögerung besorgte der Fabrikant an der Kasse die gewünschte Summe und händigte sie Isidor aus. Doch da sich das Glück auch weiterhin nicht einstellen wollte, bekam er im Laufe des Nachmittags nochmals 20'000 Mark, und auch davon blieb am Ende des Tages kaum etwas übrig. Das geliehene Geld bewegte sich nunmehr schon annähernd in Höhe des Guthabens, das er bei der Sparkasse noch auf seinem Sparbuch besaß. Nun wurde es eng, ganz eng sogar, dessen war sich Isidor völlig bewusst. Bei diesem Fazit zog es ihm fast den Boden unter den Füßen weg, das Gefühl der drohenden Ohnmacht trat ein und ihm wurde leicht schwindlig.

Trotzdem ließ er sich an diesem Spätnachmittag mit dem Taxi nach Nordrach bringen. „Man sollte seine Gewohnheiten nicht ohne Not ändern und unter Druck schon gar nicht", hatte ihm einmal jemand geraten, der es wissen musste, und ins Ohr geflüstert. Die Fahrt verlief sehr still. Schweigend und mit geschlossenen Augen saß er auf dem hinteren Sitz und hatte nicht einmal einen Blick für die vorbeirauschende Landschaft, weder in der Rheinebene noch im flachen Verlauf des vorderen Kinzigtals, mit seinen malerischen Dörfern und gepflegten Weinbergen an den Hängen. Kaum eine Stunde waren sie gefahren, dann war er schon in Nordrach angekommen, reichte dem Fahrer das geforderte Fahrgeld und lief, wie gewohnt, die letzten paar hundert Meter zu Fuß zum Hof. Ohne jemand zu begegnen schlicht er bewusst leise in seine Kammer und warf sich, enttäuscht über den Verlauf des Tages, auf sein Bett. Irgendwann muss er dann eingeschlafen sein.

18

Das Unheil bricht herein

In kommenden Woche ging der Knecht missmutig seiner üblichen Arbeit nach, machte keinen einzigen Besuch und übergab keinem auch nur eine Mark. Vorsorglich ging er nicht einmal ins Gasthaus. Es sollte ihn niemand sehen und schon gar nicht auf Zahlungen ansprechen können. Abends blieb er in der Kammer und überschlug einmal mehr anhand seiner Aufzeichnungen, was er denn insgesamt Geld von seinen „Stillen Teilhabern" eingesammelt hatte. Er kam auf die unglaubliche Summe von 560'000 Mark, wenn er die letzten 40'000 Mark vom Fabrikant mit hinzurechnete. Dagegen stand auf seinem Sparbuch ein Guthaben von gerade knapp über 50'000 Mark, das war gerade einmal ein Zehntel von dem was er schuldete.

Beim Betrachten dieser Zahlen wurde ihm fast übel. „Kann das wirklich sein?", überlegte er sich und Schweiß trat ihm auf die Stirn. Dabei befürchtete er, Ohnmacht überfalle ihn. „Habe ich wirklich in den letzten Monaten so viel Geld verspielt oder träume ich das nur? Jetzt muss unbedingt wieder eine Glückssträhne her, sonst sieht es zappenduster und mau für mich aus", das wurde ihm schlagartig bewusst. Auf der anderen Seite ergaben seine Zahlen: „Tatsächlich habe ich schon über 60'000 Mark an die Geldgeber ausbezahlt. Das ist doch ein schöner Ertrag in knapp einem Jahr, seitdem mir die ersten ihr Geld quasi aufgedrängt haben." Das alles beschäftigte in gedanklich unentwegt und trieb ihn um. „So viel hätten sie sonst nirgendwo und auf keiner Bank in der kurzen Zeit kassieren können." Diese Erkenntnis beruhigte ihn wieder ein wenig. „Da kann ich doch nicht alles falsch gemacht haben."

Am Freitagnachmittag ließ er sich unter dem Vorwand Besorgungen machen zu müssen, wieder einmal 3 Stunden freigeben. Nach alter Gewohnheit fuhr er mit dem Fahrrad nach Zell, ging zur Bank und wollte 42'000 Mark vom Sparbuch abheben. Die Summe war nicht sofort griffbereit. Der Sparkassen-Angestellte bat ihn um etwas Geduld, in einer Stunde kann er die Summe haben. „Gut", sagte Isidor, „ich gehe inzwischen ins Städle und trinke etwas." Bedächtig verließ er die Bank, schritt hinüber ins Gasthaus „Sonne", betrat den Gastraum und setzte sich an einen freien Tisch. Nur wenige Gäste sah er um diese Tageszeit im schummrigen Raum anwesend. Sie hatten ein Bier vor sich, in sich versunken die Köpfe gesenkt und schwiegen. Knapp und kurz bestellte Isidor bei der Wirtin ein Bier und einen Schnaps. Zum Glück kam während seiner Anwesenheit niemand ins Lokal, der zu seinen Geldgebern zählte, und der ihm eventuell hätte unangenehme Fragen stellen können. So konnte er in aller Ruhe sein Bier trinken und bestellte danach auch noch ein zweites. Nachdem dann die Stunde vorüber war, verließ er die Gaststube und ging wieder hinüber in die Sparkasse.

Das Geld lag nun bereit und er konnte es in seiner Gürteltasche verstauen. Beim Blick ins Sparbuch stellte er fest, es ist ihm noch ein Rest von über 10'000 Mark geblieben. „Gosch nimmi uf'd Spielbank", (Gehst du nicht mehr in die Spielbank?) wollte der Bankangestellte wissen. „Doch, doch, i'zahl nur mei gwonnenes Geld glich ufs Konto im Casino ei, no mues i's nit rumtrage", (Doch, doch, ich zahle aber das Geld gleich auf einem Konto im

Casino ein, dann muss ich es nicht mit mir herumtragen), gab Isidor zur Antwort und hoffte, nicht gleich vor Verlegenheit rot zu werden. „Do hesch recht, wenn abr ebbis ibrig hesch, konnsch's ruig widder in Schparbuechli schriebe lo, sbringt guedi Zins!" (Da hast du recht, wenn du aber wieder Geld übrig hast, bring es und lass es wieder ins Sparbuch eintragen, es bringt gute Zinsen).

Zu Hause verwahrte er das Geld am sicheren Ort und ging danach der gewohnten Arbeit nach. Noch gab auf dem Hof viel zu tun, und so dunkelte es schon, bis er mit allem fertig war und zum Abendvesper kam. Die Bäuerin hatte in der Küche für ihn und die Mägde ein üppiges Vesper bereitgestellt und einen Krug Most dazu gestellt. Der Bauer und sein Sohn hatten schon gegessen und waren hinterher miteinander ins Dorf gegangen. Beim Gesangsverein war eine Generalversammlung anberaumt und da beide als Sänger aktiv waren, gehörte das zu den Pflichtterminen.

Eigentlich hatte Isidor immer einen gesunden Appetit, aber heute wollte es ihm wieder überhaupt nicht schmecken, und selbst der Most erschien ihm – entgegen dem sonstigen Eindruck – sehr schal und fade. Hinterher ließ er sich noch einen Rossler geben, dann verabschiedete er sich von der Bäuerin und wollte aufbrechen. „Was isch los mit dir, bisch hit verschnupft", (Was ist los mit dir, bist du heute missgelaunt?) wand sich die gutmütige Frau an ihn, er gab aber nur murrend eine „in den Bart" genuschelte Antwort und verließ eilends die Küche. In seiner Kammer setzte er sich auf den harten Stuhl, hielt den Kopf in beiden Händen und grübelte noch eine Weile so vor sich hin. Müde geworden legte er sich schließlich doch in sein Bett und wider Erwarten schlief er sofort ein.

Der Samstag begann mit den üblichen Arbeiten. Auf einem Bauernhof gab es in jenen Jahren keine 5-Tage-Woche, eher war es eine 7-Tage-Woche. Die Tiere mussten täglich gefüttert werden, der Stall ausgemistet und manch anderes Wichtiges auch noch. Die Arbeit ging im Grunde nie aus. Wenn man hinten aufhörte, musste vorne was Neues begonnen werden und zudem bestimmten die Jahreszeiten den Tageslauf.

An diesem Tag fiel es ihm besonders schwer, und nicht einmal die Gedanken an den Sonntag konnten ihn aufheitern. Das fiel sogar einer der Mägde auf, die kumpelhaft versuchte, den Grund seiner schlechten Laune in Erfahrung zu bringen. Da sie aber auch keine befriedigende oder nur eine ausweichende Antwort erhielt, ließ sie ihn in Ruhe. „Er wird sich schon wieder einholen und berappeln", dachte sie und ging Isidor so gut es ging aus dem Weg.

Nach der frühmorgendlichen Arbeit am Sonntag zog sich Isidor um und wieder einen guten graugestreiften Anzug an. Dazu band er sich eine rotgemusterte Krawatte um den Hals und verließ eilig den Hof. Heute nahm er den Bus nach Zell und wie zu früheren Zeiten den Zug, bis er nach 10 Uhr in Baden-Baden eintraf. Ein Taxi brachte ihn in die Kaiserallee, und vor dort marschierte er strammen Schrittes die wenigen Meter am Musikpavillon vorbei zum Kurhaus, wo sich im Seitenbau das Casino befindet. Der kurze Spaziergang dauerte nicht einmal zwei Minuten.

Für 2000 Mark erhielt er Jetons in 50er und 100er-Stückelung. Die 40'000 Mark hielt er für den Fabrikanten parat, der heute schon anwesend war, am Tisch saß und nebenbei sagte: „Servus Isidor, ich sitze schon seit einer Stunde und verliere nur, Zeit, dass du kommst und mir Glück bringst." Die freundliche Begrüßung erfolgte mit Handschlag und sie prosteten sich mit einem kostenfreien Glas Sekt zu, das ihnen der Saaldiener reichte: „Auf viel Glück und die richtigen Zahlen."

Das schon gewohnte Ritual folgte und Isidor legte bedächtig sein Notizbuch neben sich auf den Tisch und schraubte bedächtig am goldenen Füllhalter. Mit geübtem Blick überflog er dabei seine Zahlenkolonnen und die notierten Bemerkungen zu erkannten Systematiken. „Welche Zahlen fallen heute häufiger?", wollte er von der Runde wissen. Wie er hörte, gab es keine Besonderheiten, ganz und gar nichts Auffälliges.

„Warum hat das bei meinen Spielen in den vergangenen Wochen nicht mehr funktioniert?" Isidor sinnierte immer noch über sein Pech in den letzten Wochen und fand keine schlüssige Antwort, so intensiv er auch darüber nachforschte und sich Gedanken machte. „Hat sich möglicherweise an den Tischen etwas geändert?"

„Wenn wir eine Pause machen, dann gebe ich dir draußen dein Geld zurück", flüsterte er dem Nachbarn ins Ohr. „Ja, ist gut, es eilt aber nicht. Mach deine Spiele und gewinne lieber ordentlich, dann habe ich mehr davon", gab der Fabrikant jovial zur Antwort und hob dabei den Daumen nach oben.

Ein paar Mal fielen sogar die gesetzten Zahlen und selbst bei dem etwas risikoärmeren Spiel gab es gleich ein paar Hunderter an Gewinnen. Schon hegte Isidor Hoffnung, das Glück wäre zurück und er kann wieder kräftiger zulegen. Auch der Fabrikant spielte heute nicht schlecht. Bei ihm stapelten sich mehrere Häufchen hochwertiger Jetons, und da dieser die größeren Beträge riskierte, war das eine beneidenswerte Summe.

Nach 2 Stunden wechselten sie zum Mittagessen ins Restaurant. Auf dem Weg dorthin wollte er dem Fabrikanten das Geld überreichen. „Ich habe eine bessere Idee", sagte dieser. „Damit du nicht so zögerlich spielst, behalte es vorerst und wenn du gewinnst, bekomme ich 20 Prozent vom Gewinn." „Das ist ein Wort", gab Isidor erleichtert zurück, und er hoffte inständig, nun möge ihm doch endlich wieder der große Wurf gelingen. Sein Wunsch war vergeblich und erfüllte sich nicht. Schon gegen 15 Uhr war die Summe verspielt. Seit sie wieder am Tisch saßen, hatte er mit 100er- und 500er-Jetons gesetzt. Nur leider blieben überwiegend seine Zahlen aus. Ihm schien es wie verhext. „Warum kommen einfach nicht meine Zahlen, so wie ich es mir ausgerechnet habe und es früher auch funktioniert hatte?"

Der Fabrikant lieh ihm noch einmal 40'000 Mark, nachdem ihm Isidor versichert hatte: „Ich besitze zu Hause noch genügend Geld auf dem Konto. Das muss ich nur immer erst umständlich bei der Sparkasse in Zell abheben und holen." „Bring es mir in vier Wochen zurück. Ab der nächsten Woche bin ich drei Wochen im Urlaub auf Gran Canaria und kann nicht hier sein", verriet ihm der Mann. Nach den Spieleinsätzen, die der Fabrikant übers letzte Jahr bei Isidor gesehen hatte, gab es für ihn keinerlei Bedenken. Er war sich sicher, dass er das Geld wiederbekommen würde. „Das ist sehr günstig und eine Situation, die er nicht erwarten konnte", überlegte sich Isidor und atmete innerlich auf. „Bis dahin fließt eine Menge Wasser von Nordrach nach Zell, da ist viel Zeit. Immer nur Pech kann ich nicht haben. Nach meinem System müssen meine Zahlen endlich wieder einmal fallen".

In der restlichen Zeit dieses nachmittags gingen noch einmal 10'000 Mark flöten. Den verbliebenen Rest zahlte er auf sein Casino-Konto ein. Es sollte das Einsatzkapital für den oder die nächsten Sonntage sein.

Zwei, drei Hunderter reichten ihm für die Fahrt nach Hause, und für kleinere Ausgaben während der kommenden Woche oder die Fahrtkosten am nächsten Sonntag. Gewinn-Auszahlungen hatte er in den nächsten Tagen keine vorgesehen. „Die sollen ruhig etwas abwarten", gab sich Isidor etwas trotzig entschieden.

19

Jetzt wird es eng

Da ihm kein Geld mehr für die Auszahlung an seine Mitspieler geblieben war, traute sich Isidor in dieser Woche nicht ins Dorf, ja er ging nicht einmal vom Hof weg. Nur auf die Felder zur Arbeit, das musste er wohl oder übel schon. Zu sehr fürchtete er die drohende Gefahr, es könnte ihm jemand begegnen, der Geld von ihm haben will. Da blieb es nicht aus, dass nach einiger Zeit im Ort immer öfters die Frage gestellt wurde: „Wo ist Isidor, der Knecht vom Heinerbur, hast du ihn gesehen oder etwas von ihm gehört?"

Niemand wusste näheres und „Ungewissheit" ist pures Gift. Von dem ahnte Isidor allerdings nichts und wollte es auch nicht wissen. Gewohnheitsmäßig verrichtete er die tägliche Arbeit und kniete sich in seine Aufgaben. Da es im Spätherbst abends früh dunkelte, gab es im Stall und auf der Tenne noch eine Menge Arbeiten zu erledigen. So verging die Woche wie im Fluge.

Wie gewohnt machte er sich am Sonntag wieder auf den Weg, schlich aber eher heimlich vom Hof und hoffte dabei, nicht gesehen zu werden. Doch in Baden-Baden traf er nach zwei Stunden ohne Behinderung oder Überraschungen ein. Zur üblichen Zeit betrat er das Casino, nur nicht mehr ganz so selbstbewusst, wie bisher oder die Monate zuvor; aufgefallen ist das aber niemand. Eine Sache beruhigte ihn, der Fabrikant würde heute nicht da sein, wie er es ihm letzten Sonntag gesagt hatte – obwohl er seine Anwesenheit bisher als Glücksgarantie empfunden hatte. Und nun hoffte er sehr, innerhalb der nächsten drei Spieltage würde sich das Blatt drehen und es würde so viel an Gewinnen anfallen, dass er seinem Geldgeber die geliehene Summe zurückzahlen könnte und für die anderen auch noch etwas übrig blieb.

Doch zu seiner heimlichen Freude saß Eleonora wieder einmal am angestammten Platz, gleich oben am Tisch neben dem Croupier. Das empfand er in diesem Augenblick wie ein Sonnenstrahl, der sein Herz berührte. „Hallo, seit wann bin ich denn so sentimental", wunderte er sich über sein Empfinden. Die Dame winkte Isidor breit lächelnd zu und bat: „Komm, setz dich doch bitte neben mich." Zum Glück hatte sie von seiner Misere in den letzten Wochen nichts vernommen, und er hütete sich, auch nur ein Wort davon zu erwähnen.

Stattdessen hatte die Dame die erfolgreichen Serien ihres Mitspielers bei früheren Spielen in Erinnerung und erhoffte sich, durch seine Anwesenheit sei ihr das Glück ein wenig mehr hold. Die letzte Stunde war es für sie nicht so gut gelaufen, obwohl sie zwischendurch sogar an zwei Tischen gleichzeitig gespielt hatte, was nicht ungewöhnlich war. Bei exzessiven Spielern sah man das häufiger.

Für diesen Tag hatte Isidor nur noch 10'000 Mark Spielkapital zur Verfügung, deshalb setzte er maßvoll dezent und allenfalls 50er und 100er-Jetons. Es klappte auch mehrmals und er bekam die 5- oder 8-fachen Gewinne zugeschoben. Das war aber Kleinkram, im Verhältnis zu seinen erfolgreicheren Tagen. Seine Nachbarin hatte sich mehrfach mit höheren Beträgen angeschlossen, und innerhalb relativ kurzer Zeit ein dickes Plus einstreichen dürfen. Sie stapelte, über das ganze Gesicht strahlend, die höherwertigen Jetons mit sichtbarer Freude vor sich auf, gleich einer Beute oder wertvollen Trophäe und gab sich dabei leicht aufgekratzt. Wer sie kannte, bemerkte das schnell an den hastiger werdenden

Zügen an der Zigarette. Immer wieder animierte sie Isidor: „Sei doch nicht zu zaghaft, riskiere mehr, du bist doch ein Glückspilz", und er meinte, nach seinen Notizen müssten jetzt bestimmte Zahlen fallen. Fünfmal setzte er immer eine gewisse Zahl Jetons auf eine einzige Zahl, doch sie fiel nicht, auch nicht ein einziges Mal. Gegen Mittag war sein Quantum an Spielgeld verbraucht, alle Jetons gesetzt und verloren. Nun musste er alles auf eine Karte setzten, nach dem Motto: „Vogel friss oder stirb." „Ich habe heute leider nicht genug Geld dabei, würdest du mir wieder aushelfen?", wandte er sich mit aufgezwungenem Lächeln an Eleonora und hoffte, sie würde seine Nervosität nicht bemerken. „Ich besorge mir zum nächsten Sonntag einen größeren Betrag vom Konto und zahle es dir mit Zins und Gewinn zurück".

Da es eh schon um die Mittagszeit war, verließen sie den Platz, gingen sie ins Restaurant und bestellten ein Menü à la carte. Währenddessen sagte sie ihm mit lächelnder Miene: „Ich hole nachher 20'000 Mark und gebe es dir. Es ging ja schon einmal gut und das war nicht zu meinem Schaden", fügte sie augenzwinkernd und gutgelaunt hinzu.

Zurück am Spieltisch verfügte Isidor wieder über ausreichend Jetons für weitere und gewagtere Einsätze. Trotzdem lief es nach wie vor nicht so wie gedacht. Zwar gab es zwischendurch schon den einen oder anderen Gewinn, aber nichts, was ihn entscheidend hätte weiterbringen können. Immer nervöser und ungewohnt unüberlegter wurden seine Einsätuze, und auch seine neben ihm sitzende Gönnerin verlor in seinem Schlepptau. Ihm fiel natürlich auf, wie sie deswegen sichtbar immer missmutig wurde. Die bisher lockere Stimmung rauschte wie auf einer Bobbahn im Eiskanal abwärts. Dabei hätten schon längst sämtliche Alarmglocken schrillen müssen, denn unter Druck ist das Glück bekanntlich selten jemand hold.

Kurz vor 16 Uhr hatte Isidor erneut sämtliches geliehene Geld verzockt. Gerade noch etwas mehr als 100 Mark befanden sich als eiserne Reserve in seiner Jackentasche, und diesen Betrag benötigte er zwingend für die Heimfahrt. Damit Eleonora nichts davon mitbekam, entschuldigte er sich mit der nicht sonderlich einfallsreichen Bemerkung: „Ich muss einmal dringend auf die Toilette." Stattdessen verließ er heimlich und überstürzt das Casino und fuhr schnurstracks mit dem Taxi zum Bahnhof und von dort mit dem Zug nach Zell. Da es noch früher Nachmittag war, lief er die rund 5 Kilometer zu Fuß zum Hof nach Hause.

Unterwegs wurde ihm schlagartig erst so richtig seine prekäre Lage bewusst: „Burli, des wars, des isch di End." (Junge, das wars, das ist das Ende). Wie sollte er je an die Summen kommen, die ihm der Fabrikant und Eleonora geliehen hatten, wie seine Schulden jemals zurückzahlen, und geschweige denn, anderen Geldgebern noch Gewinne geben? Das, was er noch auf dem Sparbuch hatte, war ein „Nasenwasser", ein Tropfen auf den heißen Stein. „I'glaub, am beschde ich, i'häng' mi uff" (ich glaube, es ist am besten, ich hänge mich auf), war sein enttäuschendes Fazit in der ausweglosen Situation.

Leise, damit ihn ja niemand hören konnte, schlich er ins Haus und ging in seine Kammer, hing die Jacke an den Haken und ließ sich in der Hose aufs Bett fallen, ohne in dieser Nacht Schlaf zu finden. Die Gedanken kreisten wie ein Karussell und ließen ihn nicht zur Ruhe kommen. „Was soll ich bloß machen? Weglaufen ist nicht möglich, wohin sollte ich auch gehen?" Er hatte nichts, weder eine andere Bleibe noch Geld für eine Einrichtung, und an Kleidung besaß er außer den Arbeitsklamotten nur die guten Anzüge. Damit konnte er nicht satt werden. Sein Restguthaben auf dem Sparbuch würde allenfalls für eine begrenzte Zeit in einer billigen Pension ausreichen. Davonlaufen war somit keine Option und es wäre ihm, außer der schon erwähnten ultimativen Lösung, am Ende allenfalls die Straße geblieben.

Nun reute es ihn schmerzhaft, sich darauf eingelassen und von anderen Geld angenommen zu haben. „Warum habe ich Rindvieh nicht einfach so weitergespielt wie die Jahre zuvor? Es ging mir doch gut und ich brauchte mir keine Sorgen machen – ich hatte meinen Spaß am Spiel, willkommene Entspannung in meiner kargen Freizeit und wurde in Baden-Baden nie scheel angesehen." „Was soll's", dachte er schlussendlich resignierend: „Sollen sie doch ihr Geld einfordern. Die sind alle selber daran schuld, da sie mir in ihrer Geldgier so viel Geld geradezu aufgedrängt haben, und was kann ich schließlich dafür, wenn mich das Glück so schmählich im Stich ließ?", rechtfertigte er sich vor sich selbst.

Mit diesem resignierenden Ergebnis kam er schließlich mit sich wohl oder übel ins Reine. Eines wurde ihm allerdings in dieser Nacht deutlich klar wie dicke Kloßbrühe: „In Baden-Baden kann ich mich vorerst nicht mehr blicken lassen. Erstens habe ich kein Geld für die Fortsetzung meiner Spiele in der bisher praktizierten Weise, das würde mit Sicherheit auffallen und Fragen aufwerfen. Zweitens darf ich dem Fabrikanten und der großzügigen eloquent-eleganten Eleonora nicht mehr begegnen. Beide würden absolut sicher erwarten, dass ich ihnen das geliehene Geld bringe."

Einen kurzen Moment überlegte er noch, welche anderen Orte es alternativ geben würde, wo er zukünftig spielen könnte, wenn er sein restliches Geld vom Sparbuch holt oder sogar neues auftreiben könnte. Da wäre Niederbronn-les-Bains im Elsass. Das ist zwar nicht allzu weit, aber sehr umständlich erreichbar. Zudem müsste er die Grenze nach Frankreich passieren und da wird regelmäßig kontrolliert.

Im Ländle ist in Stuttgart die nächste Spielbank oder noch eine in Konstanz, dann wäre es Wiesbaden in Hessen, die ihm bekannt waren und gerade einfielen. Jeder dieser Orte ist, das wurde ihm schnell bewusst, für jedoch nur für einen Sonntagstrip viel zu weit entfernt. Das würde allenfalls gehen, wenn er einen Chauffeur engagiert, der ihn fährt oder wenn er mit dem Taxi anreisen könnte. Bei diesen Entfernungen war das aber eine Kostenfrage und daran scheiterte die Idee. So verwarf er am Ende seiner Überlegungen jeden Gedanken in die eine oder andere Richtung.

Während seiner Überlegungen war er die ganze Zeit über angezogen auf dem Bett gelegen. Nun hielt es ihn nicht mehr, er stand noch einmal auf und setzte sich stattdessen resigniert seufzend auf den harten Holzstuhl im Zimmer nieder. Ihm kamen vor Verzweiflung erstmals seit Jahrzehnten die Tränen.

20

Nordrach bekommt unerwarteten Besuch

Sechs quälend lange Wochen waren seit dem Debakel in Baden-Baden schon vergangen, und Isidor hatte sich immer nur im Dunkeln vom Hof gewagt oder ging nur in eine solche Richtung, wo er sicher sein konnte, dass ihm keiner seiner Geldgeber auf dem Weg begegnete. Sonntags, wo er sonst am Tisch in der Spielbank saß, lief er auf die Höhe der „Flacken", oder marschierte stundenlang auf der anderen Seite über den „Kohlberg" zur „Kornebene" und durch den „Merkenbach" zurück. Unterwegs achtete er streng darauf, dass ihm ja niemand über den Weg lief, der ihn kannte. Wenn er von weitem jemand kommen sah oder Stimmen hörte, ging er in Deckung und wartete ab, bis die Luft wieder rein war. Das ging ihm mit der Zeit aber doch sehr an die Nieren, auch wenn er im Grunde ein Eigenbrötler war. Die inzwischen gewohnte Anerkennung, da und dort ein Bierchen und ein schmackhaftes Essen, das fehlte ihm immer mehr und schmerzte ihn.

Doch selbst in der Woche, wenn er mitbekam, dass einer seiner Geldgeber sichtbar wurde und um den Hof schlich oder einer suchte gar unter einem Vorwand das Gespräch mit dem Bauern, verbunden mit der Frage nach dem Isidor, hielt er sich peinlich im Hintergrund. Dieses Verhalten blieb natürlich auf Dauer nicht unbemerkt und sowohl der Bauer, wie die Bäuerin fingen an unbequeme Fragen zu stellen. „Was ist los, Isidor, warum gehst du nicht mehr aus." „Ich fühle mich in den letzten Wochen nicht wohl, mir geht es nicht gut und ich will mich lieber schonen, damit ich hier meine Arbeit noch einigermaßen machen kann", redete er sich ein ums andere Mal heraus.

Die Mägde wunderten sich auch und eine verriet ihm unter der Hand: „Im Dorf fragen alle nach dir und selbst bei meinen Verwandten in Unterharmersbach wollte man wissen, was du machst und wo du steckst. Was ist los, was wollen sie alle von dir? Hast du etwas ausgefressen?" „Lasst mich doch bloß in Ruhe", brummelte er mürrisch. „Wer soll schon nach mir fragen, und was habe ich mit den Leuten zu schaffen, die sollen sich um ihr eigenes Sach' kümmern", warf er trotzig ein.

Ein erster ernstzunehmender Zwischenfall kam, nachdem Isidor im Wald beim Holzmachen beschäftigt war. Ein Nordracher hatte ihm wohl aufgelauert oder bewusst nach ihm gesucht und nun kam er lautstark schimpfend und drohend aus der Deckung auf ihn zu. „Was isch los Isidor, worum verstecksch di, worum krieg'i kein Geld? Du hesch doch ondere au gued bezahlt, han'i gherd!" (Was ist los Isidor, warum versteckst du dich, warum bekomme ich kein Geld? Du hast doch anderen viel Geld aus bezahlt!)

„I'han in de letschtde Woche nit zu'de Spielbonk fahre kenne, mir geht's g'sundheitlich nit gued und wenn'i nit fahre konn, konn'i au nit spiele, so eifach isch'dess." (Ich konnte in den letzten Wochen nicht nach Baden-Baden fahren. Mir geht es gesundheitlich nicht gut und wenn ich nicht fahren kann, kann ich auch nicht spielen, so einfach ist das). Wenns besser wird, gong'i scho widder in d'Spielbonk und donn kriegsch du au Geld, wenn'i gwinn. Bis jetzed isch jeder no gued wegkumme". (Wenn es mir wieder besser geht, fahr ich wieder nach Baden-Baden und gehe in die Spielbank, dann bekommst du auch Geld, wenn ich gewinne. Bist jetzt ist noch jeder gut gefahren). „Des sag i'dr Knecht, wenn'i nit mei Geld zruck krieg un'e Gwinn, dann schlag'i di dod, du Krippel" (Das sag ich dir Knecht, wenn ich nicht mein Geld und Gewinn bekomme, dann schlag ich dich tot, du Krüppel), schimpfte der Mann weiter. „Frider jetzed wirsch unverschämt, du wirsch scho noch dins Geld kriege, wi di ondere au. E'Garantieschie uf Gwinn hab'i allerdings au nit." (Frieder, nun wirst du unverschämt, du wirst dein Geld schon bekommen, wie die anderen auch. Einen Garantieschein auf Gewinne habe ich allerdings auch nicht), erwiderte Isidor aufmüpfig und etwas lauter als sonst. Das sollte den aufgebrachten Mann besänftigen und zu vertrösten, was es aber nicht tat. Mit drohend erhobenen Fäusten ging dieser endlich von dannen und seines Weges.

Noch eine Woche verging, ohne, dass offensichtlich etwas Spektakuläres passiert wäre. Hinter der vorgehaltenen Hand tat sich aber allerhand, und die Gerüchteküche in der Region brodelte, ja sie befand sich schon nahe am Siedepunkt.

Mitten in der Woche fuhr ein in nobler Jägertracht gekleideter Herr mit nagelneuem großen Mercedes ins Dorf. Das fiel sofort auf, denn so viele Autos dieser Nobelmarke waren nicht alle Tage im Tal auf der Straße unterwegs. „Ich suche den Gestütsbesitzer Isidor Hermann", wandte er sich fragend an Personen, die beim Rathaus und Kaufmann gegenüber der Kirche in einer Gruppe zusammenstanden. „Gestütsbesitzer Isidor Hermann?", wurde ungläubig zurückgefragt. „Gibt es hier nicht", erfuhr er dann von einem von ihnen, die sich inzwischen um ihn scharten. „Wir kennen nur einen mit diesem Namen, und das ist der Knecht beim Heinerbur im Untertal." „Hat der Mann eine Hasenscharte und lispelt beim Sprechen?", forschte der Fremde weiter. „Ja, genau, das hat er, das tut er." Nun schwante dem Mercedesfahrer böses. „Das muss er sein, wie finde ich den Hof?" Das war nicht schwer zu erklären, und so setzte sich der Mann ins Auto und fuhr ohne Umweg zur angegebenen Adresse. Dieser Fremde war niemand anderes wie der Fabrikant aus Waiblingen.

Nachdem er Isidor seit Wochen nicht mehr in Baden-Baden gesehen und auch sonst nichts von ihm gehört hatte, wuchs sein Misstrauen. Zudem hörte er von Eleonora, dass sie dem Mann auch Geld gegeben hatte, danach sei er aber dann plötzlich und klammheimlich verschwunden. Seitdem habe sie ihn nicht mehr gesehen und offensichtlich mied er nun die Spielbank. Jetzt klingelten bei beiden sämtliche Glocken. Nachdem er jetzt im Dorf auch noch hören musste, dass der Isidor nur ein einfacher Knecht beim Bauern ist und kein „Gestütsbesitzer", wie er angegeben hatte, war er sich sicher: „Ich bin einem Hochstapler oder Betrüger aufgesessen. Wie konnte ich nur so blauäugig sein und mich so blenden lassen?", schimpfte er über seine eigene Gutmütigkeit und ärgerte sich über seinen Leichtsinn.

Bei der Ankunft auf dem Hof war der Knecht nirgends sichtbar. Er traf aber den Bauern und wollte von dem wissen, wo der Isidor ist. „Was ist, was wollen sie von meinem Knecht?", wollte der Bauer wissen. Der Fabrikant berichtete über die Gründe seines Besuches und seiner Nachforschungen, und der Heinerbur fiel aus allen Wolken. „Ich weiß wohl schon lange, dass der Isidor nach Baden-Baden fährt und ab und zu in die Spielbank geht, aber dass er da so viel Geld verspielt haben soll, das kann ich gar nicht glauben, das kann ich nicht fassen, kurzum, ich bin sprachlos."

Der Bauer versuchte noch mehr Informationen zu bekommen. Der Fabrikant war aber so aufgeregt und hatte einen hochroten Kopf bekommen, sodass ein Mediziner augenblicklich einen Schlaganfall befürchtet hätte. Das Gespräch wurde abrupt beendet, eine sachliche Unterhaltung war nicht mehr möglich. Der Schwabe war so aufgebracht, er setzte sich in sein Auto, ließ sich schwerfällig in den Sitz fallen und brauste vom Hof, dass der Staub nur so aufwirbelte. In Zell suchte er nach der Polizeistation und ging zu einem der anwesenden Beamten, wo er Anzeige erstattete.

Die Polizisten waren genauso verblüfft wie zuvor der Heinerbur, und bass erstaunt, über das was sie hörten. Ohne Hektik nahmen sie die Anzeige auf und fertigen ein Protokoll mit mehreren Durchschlägen. Das dauerte seine Zeit. Nur langsam tippte der Beamte im „Zwei-Finger-Suchsystem" auf einer alten Schreibmaschine die Anschuldigungen aufs Papier. Nachdem er die Aussage niedergeschrieben hatte, legte er das Geschriebene zur Durchsicht dem Fabrikanten in dreifacher Ausfertigung zur Unterschrift vor. Die Polizisten verabschiedeten ihn mit dem Hinweis: „Die Anzeige wird sofort an die Staatsanwaltschaft in Offenburg weitergeleitet. Sie werden in der Sache bald hören."

Jetzt setzte sich Maschinerie in gewohnt Trägheit in Gange. Noch ahnte aber zu diesem Zeitpunkt weder der Fabrikant, noch der Heinerbur, und erst recht nicht die Polizisten in Zell, welche Ausmaße die ganze Angelegenheit noch annehmen würde. Das kam erst in den nächsten Wochen scheibchenweise zutage. Die Dimension des ungewöhnlichen Vorfalles verschlug einigen glatt die Sprache, verursachte allgemein ungläubiges Erstaunen, dann Entsetzen und noch mehr Gerede. „Ja sind wir denn im falschen Film, sind wir im Wilden Westen", hörte man so manche sagen. Über Wochen war nun Isidor Mittelpunkt der Tagesgespräche in den Tälern des Mittleren Schwarzwaldes.

21

Die Mühlen der Justiz kommen in Gang

Noch am Abend nahm sich der Heinerbur seinen Knecht vor. „Was läuft da Isidor, was hast du gemacht? Bist du von allen guten Geistern verlassen und nimmst von fremden Leuten so viel Geld an, das du dann in der Spielbank auf den Kopf haust? Wie willst du das jemals zurückbezahlen?", wollte er aufgebracht wissen. „Du bringst meinen Hof, meine Familie, das ganze Dorf in Verruf. Du bist doch ein Allmachtstrottel. Dich sott' mer in'd Klappsmühl stecke." (Dich sollte man in eine Irrenanstalt bringen).

Doch der Knecht war nur noch froh, endlich jemand zu haben, mit dem er reden und dem er das Herz ausschütten konnte. Ungeschminkt legte er alle Karten auf den Tisch und offenbarte im Vollmaß seine ungewollte Situation. Nach seinen Notizen waren es weit über 500'000 Mark, die er verzockt hatte, und die nun allesamt verloren waren. Der Bauer schlug die Hände über dem Kopf zusammen. „Himmelsakrament, das ist ja eine einzige Katastrophe", schimpfte er noch lauter und er hieß seinen Knecht: „Einen Dubel, einen Dollen (Dummkopf), dir hense doch s'Hirn anbohrt."

Die Bäuerin trat in die Stube und wollte wissen, was los ist. „Bur, worum schreischt denn so rum?" (Bauer, was schreist du denn so herum?) „Geh, das ist eine Sache unter Männern", herrschte sie der Heinerbur schroff an, und erschrocken machte seine Frau einen Rückzieher und die Türe hinter sich zu.

„Was machen wir denn nun bloß mit dir?", seufzte der Heinerbur, nachdem er sich einigermaßen wieder gefangen, etwas beruhigt hatte, und versuchte einen klaren Kopf zu bewahren. Inzwischen hatte er vor Aufregung schon das dritte Gläschen Schnaps geleert.

„Wenn das volle Ausmaß dieser Tragödie auf den Tisch kommt, schlagen dich die Leute tot, Isidor, ist dir das klar?" sagte er zu dem Unglücklichen. Das gibt es nur eines: „Wir sind im Winter und es gibt nicht so viel Arbeit auf dem Hof, die dringend erledigt werden muss. Hast du Angehörige, Verwandte, wo du zeitweise hingehen und unterkommen kannst, bis sich alles etwas beruhigt hat?" „Nein, ich habe niemand", erwiderte Isidor bedrückt und war völlig niedergeschlagen.

„Mir fällt etwas ein. Ich habe eine Schwester in Meißenheim bei Lahr, die dort mit ihrem Mann einen Hof betreibt. Der schreibe ich einen Brief, den steckst du ein und fährst schleunigst dorthin. Sie sollen dich einige Wochen dort unterbringen. Für Unterkunft und Essen kannst du ja arbeiten, wenn sie Beschäftigung für dich haben."

Isidor war sichtlich froh über diesen Vorschlag, diese Lösung. Schnell packte er ein paar Sachen zusammen, die er in einem kleinen Koffer verstaute und mit einem Gürtel zuband. Diesen befestigte er auf dem Gepäckträger seines Fahrrades. Es dämmerte schon, da fiel nicht auf, wie einer mit dem Fahrrad so schnell es ging, das Tal hinaus radelte und über Zell, Biberach und das Kinzigtal hinaus der Rheinebene zufuhr, dem Land draußen, wie man hier sagt. In zwei Stunden war Isidor in Meißenheim im südlichen Hanauerland angekommen. Mitten im Dorf fragte er sich zu der genannten Adresse durch, fand den Hof, wo noch Licht brannte. Beim Nähern schlug drinnen wütend ein Hund an. Zaghaft klopfte

Isidor schließlich an die Eingangstüre, des etwas außerhalb am Ortsrand liegenden Gehöfts. Die Bäuerin öffnete, während der Bauer sich in der Küche aufhielt. Isidor grüßte von seinem Bauern und übergab der Frau den Brief mit der Bitte, ihn zu lesen. Die Bäuerin bat ihn ins Haus und hieß ihn in der Küche am Tisch Platz nehmen. „So, dein Bauer, mein Bruder, hat dich geschickt, ja was gibt's denn?", sagte sie mehr fragend als feststellend. Sie nahm den Brief und las ihn, dann reichte sie ihn wortlos ihrem Mann weiter, der ihn auch lesen sollte.

„Ja, Teufel nochmal, so eine Geschichte aber auch, das glaubt uns doch kein Mensch", meinte des Heinerburs Schwager und kratzte sich nachdenklich am Hinterkopf. Natürlich kannst du ein paar Wochen bei uns unterkommen. „Viel Arbeit gibt es jetzt im Winter zwar nicht, wir haben aber einige Ster Holz, die gesägt und gespalten werden sollen. Anfang des nächsten Jahres gehen wir auch daran, dann fädeln und binden den Tabak im Schuppen. Unser Haupterwerb ist nämlich der Tabakanbau. Dann wären auch noch ein paar Schweine im Stall, deren Mist täglich raus muss. Wir werden sehen, wie es sich anlässt. Für heute jedenfalls kannst du bei uns unterkommen und oben in der Kammer schlafen."

„Mir ist alles recht, wenn ich nur bleiben darf und ein Dach über dem Kopf habe, vielleicht auch ein noch Essen bekomme. Mehr brauche ich nicht und ich hoffe, in einigen Monaten hat sich die Sache beruhigt und es ist Gras darüber gewachsen", seufzte Isidor mit gesenktem Kopf und ein wenig erleichtert.

Derweil nahm sich die Justiz des Falles an. Die Anzeige war bei der Staatsanwaltschaft Offenburg gelandet, und die hatte nach Tagen einen Haftbefehl ausgestellt. Per Kurier ging das Papier zur Polizei in Zell, und von dort machten sich zwei Beamte mit dem Polizeiauto auf den Weg nach Nordrach, wo sie Isidor verhaften und nach Offenburg in die Untersuchungshaft bringen sollten.

Sie fuhren auf den Heinerburhof, trafen dort aber nur die Bäuerin an. Die wusste nicht, wie sie sich verhalten sollte und sagte: „Der Bauer ist nicht da, und der Isidor hat schon vor Tagen den Hof verlassen. Wo der sich aufhält, ist mir unbekannt." Die Polizisten nahmen es zur Kenntnis. „Wir kommen wieder, wenn der Bauer da ist, er soll uns möglichst sagen, wohin der Knecht gegangen ist, wenn er es weiß, sonst müssen wir eine Fahndung auslösen."

Am nächsten Tag tauchten sie wieder auf, und nun war auch der Heinerbur anwesend. Kurz hatte er überlegt, was sollte er machen soll? Fand dann aber, es ist besser er gibt den Polizisten die Adresse bekannt, wo sich sein Knecht derzeit aufhält. Die waren damit zufrieden, verabschiedeten sich höflich und mit Dank.

Zwei Stunden später waren die telefonisch informierten und beauftragten Lahrer Kollegen in Meißenheim. Sie trafen dort den Gesuchten und erklärten ihm die Festnahme. Mit angelegten Handfesseln haben sie ihn in das Polizeiauto, einen VW-Käfer – den man damals gerne „grüne Minna" nannte – verfrachtet und auf direktem Weg nach Offenburg gefahren.

Im Amtsgericht wurde der Häftling dem Staatsanwalt vorgeführt und dieser eröffnete ihm formell den Haftbefehl, auf Grund vorliegender Anzeigen wegen Betruges und Unterschlagung. Die Erfassung der Daten und alle Formalitäten nahmen eine gewisse Zeit in Anspruch. Hinterher wurde er in das Offenburger Gefängnis zur Untersuchungshaft überstellt, und dort kam er in eine Zwei-Mann-Zelle, in dem schon ein anderer Häftling einsaß. Mit diesem sollte er nun vorerst die Zelle teilen, bis die Untersuchungen abgeschlossen sind.

Der dort ebenfalls einsitzende Häftling verriet: „Ich komme aus Friesenheim und bin des Diebstahls beschuldigt, gmocht hab'i aber nix, i'bin total unschuldig, weisch" (gemacht habe ich nichts, ich bin völlig unschuldig, weiß du). Wie dem auch sei, er wartete schon länger auf seinen Prozess, der aber immer noch nicht terminiert war.

Seit Tagen war es nicht nur in Nordrach, sondern weit drüber hinaus, im Harmersbachtal, in Biberach und anderen Orten das Gespräch des Tages: „Der Isidor ist verhaftet worden und sitzt in Offenburg im Knast. Hunderttausende Mark hat der Verbrecher ergaunert und alles in Baden-Baden verspielt", hörte man allerorten an den Stammtischen reden oder bei Diskussionen auf der Straße, wenn mehrere Leute zusammenstanden, ja selbst in den Geschäften und an den Arbeitsplätzen. Wo immer zwei oder drei Personen beisammen waren, gab es wohl nur ein einziges Thema. So etwas hatte das vordere Kinzigtal noch nicht erlebt. Wer nicht betroffen war, sparte überdies nicht an Häme und: „Schadensfreunde ist bekanntlich die schönste Freude."

Wer es noch nicht gehört hatte und nicht wusste, der konnte dazu ausführliche Berichte im „Offenburger Tageblatt" und in der „Schwarzwälder Post", den Tageszeitungen im Tal, nachlesen.

Ich war damals im dritten Lehrjahr und hörte es am Arbeitsplatz direkt aus dem Mund eines Bauern aus Biberach, der seit Jahren als guter Kunde hier im Geschäft galt. Es war der Mann, der sein Grundstück an die Kirche verkauft und vom Erlös 40'000 Mark bei Isidor „investierte" hatte. Somit zählte er zu den massiv betroffenen Mitspielern. Fassungslos klagte er meinem Chef sein elendiges Missgeschick, schalt über seine eigene Dummheit und klagte seine Sorge: „Ich kann meine Rechnungen nicht mehr bezahlen, Fritz, ich bin bankrott". Der Chef beschwichtigte: „Ha no, Gruberbuer, so schlimm wird's schon nicht kumme, da muesch eben ein paar Kühe und Säuli (Schweine) verkaufen, donn hesch widder Geld." So bekam ich den Umfang des Vorfalles erst bewusst und in voller Tragweite mit.

Gehört hatte ich wohl schon, dass der Isidor eine Menge Geld in Baden-Baden verspielt haben soll, aber Gerüchte gab es immer viele im Dorf. Deshalb schenkte ich bisher dem Gerede keine weitere Beachtung. Seit ich vor über 2 Jahren meine Lehre begonnen hatte, konnte ich zwischendurch auch nicht mehr beim Heinerbur auf dem Hof aushelfen. Die Sonntags-Zeitungen lieferte ich ebenfalls schon lange nicht mehr aus. Damit hatte ich auch keinen direkten Kontakt mehr zur Familie und zu dem Knecht – und im Dorf war der Isidor bisher schon für mich kein Umgang. Warum, erwähnte ich schon am Anfang. Das lag unter anderem am Altersunterschied. Als Jugendlicher hatte man schließlich andere Bekanntschaften und Interessen.

Bei der Staatsanwaltschaft in Offenburg meldeten sich in den folgenden Tagen immer mehr Geschädigte. Keiner, der mit der Sache betraut war, konnte wirklich glauben, dass so viele gestandene Bürger solche immensen Geldsummen dem unbedarften Mann gegeben haben wollen. Ja war es tatsächlich möglich und ist jemand wirklich in der Lage war, hunderttausende Mark zu verzocken, ohne dass dies irgendwie und irgendwem als ungewöhnlich aufgefallen wäre? „Konnte der Mann alle so täuschen?", stellten sich jetzt alle die Frage, und keiner fand eine plausible Erklärung.

Die Ermittlungen nahmen einige Wochen in Anspruch und am Ende stand eine Schadenssumme von rund 550'000 Mark in den Akten. Dabei konnte und wollte niemand ausschließen, dass es noch weitere Geldgeber gab, die sich aber verschämt nicht gemeldet hatten. Sie wollten lieber die Summe abschreiben, als am Pranger zu stehen. Sie fürchteten ihr Gesicht zu verlieren oder im gleichen Atemzug mit den „Hereingefallen und den Betrogenen" genannt zu werden.

Bei der nüchterner Betrachtung zur festgestellten Schadenssumme muss man sich in das Jahr 1961 versetzen. Für einen Sechser im Lotto gab es damals den Höchstbetrag von 500'000 Mark. Das war also eine – für den Normalbürger – unglaublich immense

Summe. Einen neuen VW-Käfer konnte man noch für rund 3500 Mark erwerben, der Lohn eines gut verdienenden Arbeiters lag bei monatlich 600 Mark und ein führender Angestellter hatte selten über 1000 Mark in der Lohntüte. Die Lohntüte erwähne ich aus dem Grund, weil damals Lohn und Gehalt noch wöchentlich oder monatlich ausschließlich eingetütet und in bar ausbezahlt wurden.

Bei diesem Vergleich lässt sich leicht nachvollziehen, wie alle zuerst ungläubig zur Kenntnis nahmen, was da abgelaufen ist, und nicht fassen konnten, wie es überhaupt zu solch einer hohen Schadenssumme kommen konnte. „Da sieht man es wieder, die Bauern sind immer am Jammern, aber Geld haben sie wie Heu", hörte man schadenfrohe Spötter lästern.

22

Das Urteil wird gesprochen

Die Ermittlungen nahmen noch Monate Zeit in Anspruch. Sämtliche Protokolle füllten mehrere Aktenordner. Der Beschuldigte Isidor hatte seinen Teil zur Aufklärung beigetragen und sich voll geständig gezeigt. Hilfreich waren dabei seine peniblen Aufzeichnungen, an Hand derer weitgehend nachvollzogen werden konnte, wer und wie viel er dem Angeklagten in die Hand gegeben hatte. So konnte sich die Sachbearbeiter einigermaßen ein Bild machen und einen guten Überblick über die Zahl der Geschädigten, sowie der damit zusammenhängenden Schadenssumme verschaffen.

Dann wurde der Prozess eröffnet und die Geldgeber der höheren Summen waren als Zeugen geladen worden. Alle Geschädigten einzuladen war nicht möglich, denn dann hätte man das Gericht in die Stadthalle oder in eine andere, größere Halle verlagern müssen. Dazu bestand auch keine Not, der Angeklagte war ja geständig und die Schadenssumme aus den Unterlagen einigermaßen verlässlich festgestellt worden. Auf einige Geschädigte mehr oder ein paar Tausender hin oder her, kam es bei der Gesamtbetrachtung und Urteilsfindung nicht mehr an.

Trotzdem war der Saal am Gerichtstag bis auf den letzten Platz brechend voll. Es konnten gar nicht alle, die gekommen waren und Einlass begehrten, und das Schauspiel mitverfolgen wollten, in den Raum eingelassen werden. Das hatte schon Züge eines mittelalterlichen Hexenprozesses. Ein Großteil der Geschädigten war aber anwesend, und noch viel mehr waren aus reiner Neugierde gekommen. Wer keinen Einlass fand, stand draußen vor der Türe im weiten Flur des Landgerichtsgebäudes in Offenburg oder auf dem Bürgersteig der Molktestraße, wo eifrig diskutiert und gefachsimpelt wurde. Einen Laien hätte es sicher erstaunt, wieviel juristisch sachverständiges Potenzial unter den Anwesenden zu finden war.

Der Prozess verlief nüchtern und sachlich. Der Richter verlas die Anklage, der Staatsanwalt kam zu Wort, wie auch der Verteidiger. Einige Zeugen wurden gehört. Zwischendurch musste die Sitzung für eine Mittagspause unterbrochen werden. Nach der Beweisaufnahme war nochmals der Verteidiger dran und er fokussierte seine Strategie in erster Linie auf die Tatsache, dass dem Angeklagten die Summen geradezu aufgedrängt worden sind, man so die Spielsucht des Beschuldigten förderte und massiv provozierte. „Der Angeklagte ist eher als Opfer als ein Täter zu sehen", endete er mit seinem Plädoyer. Es sollte der Eindruck vermittelt werden, die Geldgeber sind die eigentlich Schuldigen, weil sie aus reiner Geldgier den Angeklagten erst in die missliche Lage getrieben haben, und dabei lag der Verteidiger gar nicht so falsch. Dem konnten die Zeugen aus dem Kreis der Geschädigten auch nicht überzeugend widersprechen. Sie mussten zugeben, sie hatten im Hinblick auf die kursierenden Gewinnversprechen das Geld freiwillig gegeben, und anfangs wurden ja auch gute Gewinne ausbezahlt, was zu weiterem Geldfluss animierte und verführt hatte.

Ein Aufschrei ging bei dieser Argumentation des Verteidigers durch den Saal und das setzte sich bis auf den Flur hinaus fort und der Richter musste mehrfach zur Ruhe mahnen.

Der Staatsanwalt hielt ebenfalls sein Plädoyer und forderte eine Gefängnisstrafe von 5 Jahren wegen Untreue sowie die Verurteilung zur Wiedergutmachung. Anschließend kam noch einmal der Verteidiger zu Wort und der forderte eine Gefängnisstrafe unter 2 Jahren, die man auf Bewährung aussetzen könnte.

Zu guter Letzt wurde dem Angeklagten das Wort erteilt, und Isidor wandte sich langsam und bedächtig an die anwesenden Geschädigten und bat um Entschuldigung. Dem Gericht bezeugte er, nie und nimmer mit unredlichen Absichten gehandelt zu haben. „Ich spiele schon lange, hatte überwiegend immer Glück und dabei für mich stolze Summen gewonnen. Erst mit dem mir aufgedrängten Geld bin ich leichtsinnig geworden und habe verhältnismäßig hohe Summen eingesetzt, die mich nun so tief in die Schuld gestürzt haben. Hätte mich das Glück dann nicht so schmählich und unerwartet verlassen, würde zuverlässig jeder Geldgeber den zugesagten Gewinnanteil bekommen haben. So belegen es alle meine Aufzeichnungen, bis ich den Überblick verloren habe. Die mit dem überlassenen Geld erzielten Gewinne habe ich immer geteilt und unverzüglich ausbezahlt, und für Pech im Spiel kann ich nichts. Das ist eben das Risiko beim Spiel im Casino, und das gleiche Risiko verteilt sich demgemäß auch auf alle meine Teilhaber. Wer am Gewinn beteiligt sein wollte, der konnte sich jetzt nicht um die Verluste drücken."

Donnerwetter, diese Argumentation war gut, das konnte niemand dem Isidor absprechen. Und sicher hatte es ihm der Verteidiger auch so eingebläut. Das war in sich schlüssig, und nüchtern betrachtet hätte man ihn sogar freisprechen müssen.

Das Gericht zog sich zur Beratung zurück, und nach einer Stunde wurde das Urteil verkündet: „Dreieinhalb Jahre Gefängnis ohne Bewährung wegen Untreue". Der Richter begründete dann ausführlich wie er zu seinem Urteil kam. Draußen buhte die Menge und rief: „Wenn er entlassen wird, dann stehen wir mit

Mistgabeln am Gefängnistor. Isidor, wir schlagen dich tot." Der Richter ermahnte die Anwesenden zur Sachlichkeit.

Nachdem das Urteil Rechtskraft erlangt hatte, wurde Isidor in die Strafanstalt nach Bruchsal verlegt. Wie lange er dort einsaß, und was später aus ihm geworden ist, entzieht sich meiner Kenntnis. Ich hatte derweil gerade andere Sorgen. Die Abschlussprüfungen am Ende meiner Lehre standen an. Schon bald war – zumindest für die nicht Betroffenen – irgendwann Gras über die Sache gewachsen und man hat sich wieder neuen Dingen zugewandt. „Jede Woche wird eine andere Sau durchs Dorf getrieben", sagte man landläufig bei uns in meiner Kinderzeit, und will deutlich machen, wie schnelllebig die heutige Zeit ist und ein Ereignis das andere jagt.

Möglicherweise ist der Isidor vorzeitig und vor Ablauf der vollen Zeit wegen guter Führung aus der Haft entlassen worden. Denkbar ist es schon. Wer weiß? Ich habe nie mehr etwas von dem Mann gehört.

23

Epilog

Diese Fiktion beruht auf einem tatsächlichen Fall, der sich um das Jahr 1960 zugetragen hat und wochenlang Tagesgespräch im Mittleren Schwarzwald wurde. Viele Haushalte, Bauern, Handwerker waren unmittelbar involviert, und hinterher konnte sich niemand erklären, wie es dazu gekommen ist. Allen war es ein Rätsel, wie ein einfacher Bauernknecht aus einem Dorf in einem Seitental der Kinzig, der zu Hause eher „eine graue Maus" darstellte, im Casino in Baden-Baden weltgewandt auftreten konnte und in der Lage war, eine für die damaligen Verhältnisse immense Summe von über einer halben Million Mark einzusammeln und dann zu verspielen. Außer, dass sich so ein Fall zugetragen hatte, sind alle Namen und Handlungen dieser Erzählung fiktiv und haben mit dem tatsächlichen Fall keine Übereinstimmung. Sollten Übereinstimmungen oder Namen erkennbar sein, wäre das rein zufällig.

Für Nordrach war es ein weiterer, wenn auch nicht rühmlicher Rekord. Einstmals war das 2000-Seelen-Dorf ein bekannter Kurort für Lungenkranke, „Badisches Davos im Schwarzwald" genannt. Dann war es 1951 das „schnellste Dorf der Welt", wie die Internationale Presse schrieb. Eine 4 x 100-Meter-Staffel des ASV Nordrach wurde bei einem Internationalen Sportfest in Zürich hinter der US–Staffel Zweiter, noch vor der deutschen Nationalstaffel. Dann „last but not least" saß mit Kurt Spitzmüller, Besitzer vom „Kurhaus", viele Jahre ein Nordracher Bürger im Deutschen Bundestag, war zeitweise Parlamentarischer Geschäftsführer und Fraktionsgeschäftsführer der FDP-Fraktion.

Noch zwei schlaue Sprüche:
„Der Spieler wird von Gott verachtet, weil er nach fremden Gelde trachtet." Oder:
„Der Spieler wird von Gott geliebt, weil er sein Geld den andern gibt."
Volksweisheit.

Nachbemerkung:
Ich persönlich habe den Eindruck, dass die Spielbank genau beobachtet, wenn ein Spieler oder eine Spielerin mehr gewinnt als verliert. Kann es sein, dass es an den Tischen liegt, die zwar 100 Prozent gerade stehen müssen, der Fachmann sagt: „Im Wasser"? Manchmal stimmt auch etwas nicht mit dem Kessel oder den Kugeln und anderen Dingen. Dann wenn keiner im Saal ist, kommen, so vermute ich, die Techniker und überprüfen alles. Das ist wie Klavier stimmen. Hin und wieder sollen die Tische getauscht worden sein, das ist reine Routine, damit solche Gewinne wieder egalisiert werden.

Mahnung: Sei es im Spielcasino beim „Roulette" oder an der Börse mit „Binären Optionen" oder „Penny Stocks", der Traum vom leicht verdienten, schnellen Geld ohne Risiko verliert gegen alle Vernunft seit Jahrhunderten nicht seinen Reiz und seine Träumer. Der Darwinismus versagt hier kläglich. Oder: Dummheit ist kein Grund auszusterben.

„Was von Gewinnsystemen zu halten ist, ist mit einem Wort geschrieben: **Nichts, nichts und nochmals nichts:**

Leider wird diese Mahnung gerne überhört und ihre Wiederholung ist wirkungslos. Weshalb Nepper immer wieder ihre Opfer ködern können, bleibt mir schleierhaft. Gute, verständliche Erläuterungen, warum diese Systeme nicht funktionieren können, sind rar gesät. Meist gleiten sie schnell in die Tiefen der Mathematik ab. Bei manchen bleibt ein kleines: „Es könnte doch funktionieren" zurück. Vielleicht gelingt es mir ein bessere zu schreiben oder den Erläuterungen eine weitere schlecht hinzuzufügen.

Immer wieder behaupten Leute [...], dass sie ein neues Gewinnsystem gefunden haben, mit der Spieler den Zufall im Griff haben und viel Geld in kurzer Zeit gewinnen können. Auch finden sich jede Menge Lobes-Hymnen auf diese Systeme auf ihren Seiten oder Videos bei YouTube.

Reich werden nur die Autoren der Ratgeber. Dank sei ihren „Gläubigen", die ihnen die wertlosen Tipps, Tricks oder Systeme für teures Geld abkaufen. Werden die Tipps, Tricks und Systeme kostenlos abgegeben, kassieren sie zusätzlich über ein Affiliate Programm, indem sie den Spielkasinos neue Kunden – oder auch Opfer – zuführen. Deshalb sollten die Leser / Kunden nur bei den vom Autor geprüften und für gut und seriös befundenen Kasinos spielen. Spielen sie woanders, dann entgeht dem Autor die Provision.

Selbst On-line Spielkasinos machen damit Werbung, dass die Spieler bei ihnen ganz einfach und schnell reich werden. Trotzdem gehen die Spielkasinos nicht Pleite. Woher das Geld kommt? Noch nicht gehört? Spielkasinos sind barmherzige Samariter, die vom Draufzahlen leben. Ehrlich, die haben so viel Kohle, die wissen nichts damit anzufangen und bringen es per Glücksspiel unter die Leute. Die spielen rund um die Uhr nur in ihrem eigenen Kasino und nehmen dadurch täglich riesige Gewinne mit. Zum Einstieg gibt es das Willkommensgeschenk und einen 200- bis 300-Prozent oder noch höheren Bonus. Seit Wochen und Monaten gibt es den Bonus nur noch heute. Und morgen auch nur noch heute. Und übermorgen …

Das ist natürlich alles Unsinn. Sie, lieber Leser, sind nicht so dumm, ich bin nicht dumm und alle anderen sind es auch nicht. Kein Mensch gründet ein Spielkasino, damit andere auf seine Kosten reich werden. Er will selber reich werden. Bei den versprochenen Boni lese man das Kleingedruckte: Kein Spielkasino zahlt die Boni oder die damit erzielten Gewinne aus. Bei diesem „Geschenk" könnten sie auch eine Million springen lassen. Das Ziel ist klar: Spätestens wenn der Einstand aufgebraucht ist, soll das Opfer so weit sein, dass es echtes Geld nachschiebt. Grundsätzlich sind kleine Gewinne hilfreich, denn nun ärgert sich das Opfer darüber, dass es nicht gleich mit richtigem Geld gespielt hat. Nur mit dem eigenen – eingezahlten – Geld kann man Gewinne erzielen, die auch ausgezahlt werden.

Spaß bei Seite: Immer wieder wird in der seriösen Presse von großen Gewinnen berichtet. Woher kommt das viele Geld der großen Gewinner? Einfache Antwort: Von sehr vielen Verlierern:" [1]

Hier noch ein Tipp: Wie kann man mit Roulette spielen trotzdem reich werden? Werden sie Spielbank:

---

[1]) https://byggvir.de/2012/08/11/gewinnsysteme-beim-roulette/

Leser-Information zu Walter W. Braun

Der Autor, Jahrgang 1944, ist Kaufmann mit abgeschlossenem betriebswirtschaftlichem Studium. Bis zum Ruhestand war er als Handelsvertreter aktiv. Um dem Tag Sinn und Struktur zu geben, begann er Bücher zur eigenen Biografie oder Fiktionen zu unterschiedlichen Themen – teils mit realem Hintergrund – zu schreiben. Es ist ein Zeitvertreib und spannend, wie sich von einer Idee, der Bogen zwischen fiktiver Geschichte hin zu einer schlüssigen Story entwickelt. Wichtig ist es dem Autor, dem Leser ohne große Schnörkel und literatursprachlichen Raffinessen, Unterhaltung zu bieten, oft ergänzt mit seiner subjektiven Meinung. Er will durch seine Erzählungen zudem Hintergrundwissen vermitteln, Hinweise auf landschaftliche oder historische und geschichtliche Besonderheiten geben und mit informativ bildhafter Darstellung an reale Plätze führen, wo sich die dargestellte Handlung abgespielt hat. Wenn es den Leser anregt sich selbst vom Handlungsort, den Schauplätzen, ein Bild zu machen, ist das Ziel erreicht.

www.schwarzwaldautor.de

Weiterlesen? Im Handel erhältliche Titel des Autors:
Alle Bücher sind kurzfristig bei BoD, Buecher.de (versandkostenfrei), Amazon und anderen im Internethandel, erhältlich, ebenso im örtlichen Buchhandel, sowie als E-Books.
Mehr: **www.schwarzwaldautor.de**
Leben ist Glück genug - Vom Schwarzwald zur Seefahrt bei der Marine
Paperback, 280 Seiten, 8 Farbbilder, ISBN 9-783-735-743-411
Aufwärts ist längst nicht oben
Paperback, 356 Seiten, 35 Farbseiten, ISBN 9-783-735-739-056
Top-Touren im Südwesten - für geübte und konditionsstarke Wanderer
Paperback, 160 Seiten, 45 Farbseiten, ISBN: 9-783-750-431-430Zu **Fuß dem Südwesten hautnah 111 Tipps und mehr** – ein etwas anderer Wanderführer
Paperback, 260 Seiten, 46 Farbbilder, ISBN 9-783-738-628-814
Deutsch-Französische Liaison - C'est la vie
Paperback 116 Seiten, 13 Farbbilder, ISBN 9-783-739-223-629
Tod am Lisengrat - Eifersucht unter ungleichen Brüdern
Paperback, 116 Seiten, 2 Farbbilder, ISBN 9-783-734-752-551
Drama am Breithorn
Paperback, 108 Seiten, 6 Farbbilder, ISBN 9-783-734-765-131
Verschollen am Großvenediger - Hilflos in eisiger Sphäre
Paperback,156 Seiten, 11 Farbbilder, ISBN 9-783-738-645-484
Mord in Hintertux - Tatort Zillertal
Paperback 104 Seiten, 18 Farbbilder, ISBN 9-783-739-215-136
Zu fit für den Ruhestand - zu alt für einen Job
Paperback, 108 Seiten, 11 Farbbilder, ISBN 9-783-735-743-213
Im Banne des Moospfaff
Paperback, 120 Seiten, 10 Farbseiten, ISBN 9-783-741-226-601
Dunkel überm Eulenstein - der Baden-Krimi
Paperback, 144 Seiten, 12 Farbseiten, ISBN 9-783-741-299-490

Reflexion des Lebens in Lyrik und Prosa
Paperback, 140 Seiten, 23 Farbseiten, ISBN: 9-783-741-276-576
Resi's Gedichte und sonst nichts
Paperback, 144 Seiten, 8 Farbbilder, ISBN 9-783-734-771-965
Glauben ist einfach - oder einfach glauben
Paperback, 340 Seiten, 25 Farbseiten, ISBN 9-783-735-722-829
Lach mal wieder
Eine Sammlung von 163 Liedern, Vorträgen und Sketchen
Paperback, 292 Seiten, 17 Farbbilder, ISBN 9-783-741-228-766
Über Grenzen gehen - Wenn einer eine Reise tut...
Paperback, 360 Seiten, 26 Farbseiten, ISBN 9-783-734-746-925
Sabotage im Weinberg
Paperback, 124 Seiten, 12 Farbseiten, ISBN 9-783-741-297-250
Mein Freund der Alkohol - Kritische Betrachtung eines ambivalenten Genussmittels
Paperback, 244 Seiten, 18 Farbseiten, ISBN 9-783-743-138-612
Der Eremit vom Wilden See - Ein entschlossener Aussteiger
Paperback, 252 Seiten, 29 Farbseiten, ISBN 9-783-744-856-829
Meine Rache ist Amok
Paperback, 236 Seiten, 5 Farbseiten, ISBN 9-783-749-453-061
Der Seppe-Michel vom Michaelishof - Eine Schwarzwald-Saga
Paperback, 304 Seiten, 23 Farbseiten, ISBN 9-783-746-026-308
Michaelishof Eine Tochter muss sich behaupten
Schwarzwald-Saga Teil 2
Paperback, 336 Seiten, 23 Farbseiten, ISBN 9-783-744-840-392
Gottes Wesen verstehen
Paperback, 256 Seiten, 12 Farbseiten, ISBN: 9-783-751-972-734
Der Blitzschutz-König
Paperback, 312 Seiten, 19 Farbseiten, ISBN: 9-783-751-958-240
Leben im Corona-Nebel
Paperback, 220 Seiten, 9 Farbbilder, ISBN: 9-783-752-610-161